四年级 上册

手绘 全彩

中国神话故事·名师导读版

杨九俊／主编

U0653362

南京大学出版社
江苏凤凰电子音像出版社

序

中国出版界的元老张元济先生有句名言："天下第一好事，还是读书。"读书好在哪里呢？听听前贤的声音大致可知。雨果说："各种蠢事，在每天阅读好书的影响下，仿佛烤在火上一样，渐渐熔化。"曾国藩说："人之气质，由于天生，本难改变，唯读书可改变气质。"北宋黄山谷有言："士大夫三日不读书，则面目可憎，语言无味。"这些论述大抵强调读书对人的精神滋养，"腹有诗书气自华"，恰如谢冕教授所言："一个人一旦与书结缘，那他极大可能是注定了与崇高追求和高尚情趣相联系的人。"

当然，读书的好不止于此。在读书中人的精神成长是与知识的充实、才情的增长、视野的扩展联系在一起的。培根就说过："读书使人充实，讨论使人机智，笔记使人准确。""读书足以怡情，足以博采，足以长才。"黑塞曾描述过人们阅读经典"一步一步地去发现这个世界是如何成了一个洲乃至全世界，变成了天上的乐园和地上的象牙海岸，永远以新的魅力吸引着他们，永远放射着异彩。"因此，他断言："阅读经典是人们获得教养的途径。"

正是基于对读书价值的充分认识，部编教材试图做到如主编温儒敏先生所说，"专治不读书的病"，其中一个途径就是设计了"快乐读书吧"，向儿童推荐适合他们阅读的文学经典。所谓经典，就是经得起时间考验、历久弥新的作品。之所以历久弥新，原因在其具有熟悉的陌生感，一方面它会给人带来审美的惊异感，另一方面它表现的是人类社会的普遍精神。真正发挥"快乐读书吧"的作用，让文学经典落到实处，这无疑，对孩子们的精神发育、精神成长具有非凡的意义。

本书的编者是一群具有广泛影响力的语文特级教师，他们在探索"12岁以前的语文"，引导儿童阅读经典方面做出了突出的成绩。他们自觉担当，共同在创新"快乐读书吧"的落地工程。在编写本书时，他们隐身为"阅读向导"，给孩子们点拨，与孩子们对话，和孩子、家长、老师们共同商量，试图引导孩子们在经典架构的广袤大地上、茂密森林里寻觅、体验，从而开始"领略人类所思、所求的广阔和丰盈"，从而开始"在自己与整个人类之间，建立起息息相通的生动联系，使自己的心脏随着人类心脏的跳动而跳动"（黑塞语）。

希望本书大大小小的读者们提出宝贵意见，让我们共同努力，做好这项精神播种、筑梦未来的神圣工作。

杨九俊

目　录

阅读向导的话（写给学生）

创世记

2　　盘古开天辟地

5　　女娲造人

10　　归墟五仙山

14　　天女散花

天象的传说

19　　狗吃太阳

23　　月亮阴晴圆缺的由来

29　　风姑娘

那些拥有神力的人

35　　夸父逐日

38　　后羿射日

41　　嫦娥奔月

47　　吴刚伐桂

49　　精卫填海

52　　姜太公钓鱼

57　　钟馗捉鬼

59　　麻姑献寿

65　　共工触山

67　　湘妃竹

70　　河伯献图

远古的文明

74　　炎帝的故事

77　　彭祖的故事

80　　黄帝战蚩尤

87　　刑天舞干戚

91　　仓颉造字

96　　钻木取火

故事中的道理

103　　愚公移山

105　　十二生肖的故事

113　　青龙潭

122　　阅读向导的话（写给老师与家长）

125　　快乐收获

阅读向导的话（写给学生）

　　《中国神话故事》是一部汇集中国流传千百年的神话故事大全。这些故事都是56个民族的祖先创造的，故事发生在不同的地方，平原、山林、高原、海岛，甚至荒无人烟的戈壁沙漠。不同的眼光看到了不同的世界，产生了不同的想象，于是就有了不同的神话故事。这些故事让人心旷神怡、百听不厌。吸引你的是曲折的故事，愉悦你的是美好的愿望，启发你的是人生的智慧，这就是神话故事的魅力。

　　中国的神话故事浩如繁星，数都数不过来。我们从中精选了27个故事，分成了5个主题：创世记、天象的传说、那些拥有神力的人、远古的文明和故事中的道理。从这些故事中，你可以理解古代人对世界起源的神奇想象，对改造自然、战胜困难的大无畏精神，以及对美好爱情的无限向往。

　　这本书里的故事通俗易懂，但千万不要囫囵吞枣，要让这些故事留在你的心里，成为你童年时代的美好记忆。

　　阅读时，你要留心每个主题单元中"向导的话"，借助提示走向故事的更深处，读到一般人读不到的东西。比如，阅读"天象的传说"时，可以查找关于日食、月食的变化规律，以及对"风"的科学解释，就能理解神话故事的源头了。

阅读时，你要做个有心人，将那些人物、情节，通过想象，在头脑中化成一幅一幅的连环画。可以画下来，也可以讲出来。读故事，是一种独享；讲故事，是一种分享。有些主题或人物，还有不同的故事版本，你可以找来对比着读一读，会有新的发现。

神话故事都是虚构的，但产生的年代和环境是真实的。你不能把故事误以为是真实的历史，也不要把故事当成是虚无缥缈的神话。因为神话故事是一代又一代人的集体记忆，也是我们民族精神与文化的形象代言。

中国人，一定要读中国的神话故事。有烟火气息的故事，才能让人找到诗意的栖身之所。

创世记

　　神奇的想象，精彩的故事，让神话具有永久的魅力。宇宙是怎么来的？人类是怎么来的……先民们也在思考这些问题。阅读这组故事，去认识神话中的人物，去体会这些精彩的故事吧！

盘古开天辟地

对照语文书上的课文读读这篇故事，看看有哪些地方写得不一样。

很久很久以前，天和地还没有分开的时候，宇宙的景象只是黑暗混沌的一团，好像一个大鸡蛋。

人类的老祖宗盘古，这个奇大无比的巨人，就诞生在这黑暗混沌的大鸡蛋中。他在大鸡蛋中孕育着，成长着，呼呼地睡着觉，一晃一万八千年过去了。

有一天，他忽然醒了过来。他睁开眼睛一看，不由"啊"的一声惊叫起来，因为他什么也看不见，眼前只是漆黑模糊的一片，闷得人很心慌。

他觉得这种状况非常可恼，心里一生气，不知道从哪里抓过来一把大板斧，朝着眼前的黑暗混沌用力这么一劈。只听得山崩地裂，"哗啦"一声，大鸡蛋忽

然破裂开来。其中有些轻而清的东西，冉冉上升，变成了天；另外有些重而浊的东西，沉沉下降，变成了地。

天和地当中还有些地方粘连不断，盘古又去找了一把凿子，左手执凿，右手拿斧，或用板斧砍，或拿凿子凿。盘古就这么威风凛凛、气势磅礴地在那里一斧一凿辛勤地工作着，不久就把天和地完全划分开来。

天和地分开以后，盘古怕它们重新合拢，就头顶天，脚踏地，站在天地当中，随着它们的变化而变化。

天每天升高一丈，地每天加厚一丈，盘古的身子也每天增长一丈。这样又过了一万八千年，天升得极高了，地变得极厚了，盘古的身子也长得极长了。

盘古的身子究竟有多长呢？有人推算，说是有九万里那么长。这巍峨的巨人，就像一棵顶天立地的大树，直挺挺地撑在天和地之间，不让它们重新合拢。

盘古就这样孤独地挺立在天地之间，又是几万年过去了。到后来，天和地的构造已经相当稳固，他不必再担心它们会合在一起了。他也实在筋疲力尽，就永远地倒下了。

他临死的时候，周身突然发生了很大的变化：他口里呼出的气变成了风和云朵；他发出的声音变成了轰隆隆的雷霆；他的左眼变成了太阳，右眼变成了月亮；他的手足和身躯变成了大地的四极和五方的名山；他的血液变成了滔滔的江河；他的筋脉变成了道路；他的肌肉变成了肥田沃土；他的头发和胡须变成了花草树木；他的牙齿、骨头、骨髓等，也都变成了闪光的金属、坚硬的石头、圆亮的珍珠和莹润的玉石；就是那最没用处的他身上出的汗，也变成了雨露和甘霖。

神话故事的想象都很奇妙，但可不是胡思乱想哟！往往跟我们的现实生活有一定的联系。读读这段话，说说你的发现。

就这样，盘古以他的神力开辟了天地，以他的身躯化生了世间万物。盘古为了一个美好世界的诞生，贡献了自己的一切。

想一想：

1.请用简洁的语言，说说盘古开天地的过程。

_____

_____

2.你能从文中找出跟"天每天升高一丈，地每天加厚一丈"句式相似的句子吗？请在文中画出来。

问一问：

阅读盘古"垂死化身"部分，你有什么发现，你会提出什么问题呢？

_____

_____

女娲造人

盘古开天辟地以后，天上有了太阳、月亮和星星，地上有了山川草木，也有了鸟兽虫鱼，却单单没有人类。这世间总显得有些冷冷清清。

不知道在什么时候，出现了一个神通广大的女神，叫作"女娲"。她人首蛇身，神通广大。有一天，女娲行走在这片莽莽榛榛的原野上，看看周围的景象，感到非常孤独。她觉得在这天地之间，应该添一点什么东西进去，让它生机勃勃起来才好。

添一点什么东西进去呢？

走呀走呀，她走得有些疲倦了，偶然在一个池子旁边蹲下来。清澈的池水照出了她的面容和身影：她笑，池水里的倒影也向着她笑；她假装生气，池水里的倒影也向着她假装生气。她忽然灵机一动：世间各种各样的生物都有了，唯独没有像自己一样的生物，那为什么不创造一种像自己一样的生物加入世间呢？

中国神话中的很多神，形象都和人的样子有区别。

5

想着想着，她就顺手从池边掘起一团黄泥，掺和了水，在手里揉捏着。慢慢地，她把泥团揉捏成了一个娃娃样儿。

她把这个泥娃娃放到地面上。说来也奇怪，泥娃娃刚一接触到地面，马上就活了起来，并且一开口就喊：

"妈妈！"

接着，小家伙就一阵兴高采烈地跳跃和欢呼，似乎在表示他对获得生命的喜悦。

女娲看着她亲手创造的这个聪明美丽的生物，又听见"妈妈"的喊声，不由得满心欢喜，眉开眼笑。

她给她心爱的孩子取了一个名字，叫作"人"。

人的身体虽然小，但相貌和举动有些像神，和飞的鸟、爬的虫都不

相同，似乎生来就是这个世界的主宰者。

女娲对于她这优美的杰作感到很满意。于是，她又继续做她的工作，她用黄泥做了许多能说会走的可爱的小人儿。这些小人儿在她的周围跳跃欢呼，嘴里喊着："妈妈！妈妈！"这使她有说不出的高兴和安慰。从此，她再也不感到孤独和寂寞了。于是，她想让大地上每个角落都有人存在。

决心一下，她工作着，工作着，一直工作到晚霞布满了天空，星星和月亮射出了幽光。直到夜深了，她才把头枕在山崖上，略微休息一下。第二天，天刚亮，她又赶紧起来继续她的工作。

她一心想让这些有灵性的小生物充满大地。但是，大地毕竟太大了，她工作了很久很久，还没有达到她的意愿，而她本人已经疲惫不堪了。

最后，她想出了一个绝妙的创造人类的方法。她从崖壁上拉下一根枯藤，伸入一个泥潭里，将泥浆搅得浑黄，向地面上这么一挥洒。泥点溅落的地方，立刻出现了许多小小的、叫着跳着的小人儿，和先前用黄泥捏成的小人儿几乎没什么两样。"妈妈，妈妈"的

拉、伸、搅、挥洒，这些动词，生动地表现出了女娲的智慧。

8

喊声，震响在周围。

用这种方法果然简单省事。藤条一挥，就有好些欢叫跳跃的小人儿出现。不久，大地上就布满了人类的踪迹。

大地上虽然有了人类，女娲的工作却没有终止。她又考虑：人类是要死亡的，死亡了一批再创造一批吗？未免太麻烦了。怎样能使他们继续生存下去呢？这可是一个难题。

后来她终于想出了一个办法：就是把那些小人儿分为男女，让男人和女人配合起来，叫他们自己去创造后代，担负起养育儿女的责任。这样，人类就世世代代繁衍开来，并且一天天增多了。

想一想：

1.这个故事中哪些地方，让你感觉到很神奇？和伙伴交流交流。

2.国外神话中也有关于人类起源的故事，与女娲造人故事比较一下，想想有哪些相同点和不同点。

问一问：

针对这个故事的内容，你想提出什么问题呢？

归墟五仙山

古代的人们，看到江河中的水日夜不息地流入大海，担心大海有一天会承受不住溢出来，于是"归墟"的传说产生了。传说中的归墟是位于渤海东面的一个大壑，这个大壑深不见底，即使海洋的水与天河的水没日没夜地全部往这里注入，归墟的水也不会因此增加或减少。这样人们就放心了，有归墟在，不用再担心大海的水会涨满溢出。

归墟里有五座仙山：岱舆、员峤、方壶、瀛洲和蓬莱。后世的我们对后三座仙山比较熟悉，李白有"海客谈瀛洲，烟涛微茫信难求"的诗句，蓬莱仙岛更因是长生不老之地而让人神往。远古时候，这五座仙山上都居住着不少神仙，只是后来，因为龙伯国的一个大人无心的捣乱，导致岱舆和员峤两座仙山漂流到北

神话故事里，"仙山"为人所向往。传说中"归墟"里有五座仙山，后来只剩下三座。仙山怎么会少呢？让我们一起来读故事吧。

文中加点字"信"的意思是"确实，实在"。

极，沉没在大海中了，因此归墟里只剩下了三座仙山。

原来，这五座仙山漂浮在大海之中，山的下面没有生根，遇到大风来袭，就会漂流不定。风浪过大，仙山就有漂流到北极去的危险，这样一来神仙就没有住的地方了。因此，天帝命海神兼风神禺强替诸仙想个办法。

海神禺强想了想，调遣了十五只黑色的大乌龟到归墟，把五座仙山用龟背背起来，每座山由一只乌龟背，其余两个在下面守着，六万年交替一次，轮流负担着仙山。虽然，乌龟们有时背得烦了，也会在沧海中跳一跳、玩一玩，弄得仙山不稳，但总归仙山从此不再随意漂流，神仙也有了固定的居所。

大家这样平安幸福地生活了数万年。不料有一年，一位龙伯国的大人来到此地，他闲来无事，就在五仙山举起钓竿钓鱼。龙伯国是一个大人国，这里的人身形巨大无比，几步之间就能周游五座仙山，他们在这里钓鱼自然也不是钓起几条小鱼这么简单了。果然，这位巨人举起钓竿来一钓，就钓上来了一只没有吃食物的饿乌龟，接着又接二连三地共钓起六只乌龟。这六只，正是奉命背负岱舆和员峤两座仙山的乌龟。这位龙伯国的巨人不管三七二十一，将乌龟带回家，甚至还将龟壳剥下占卜。而岱舆和员峤两座仙山，因为没有乌龟的背负，在一次大风浪中漂流到北极沉没了。许多原本住在这两座山上的神仙慌忙搬家，累得满头大汗。

天帝知道这件事情，非常震怒，将龙伯国的土地缩小，又将龙伯国人的身子尽量缩短，以免他们又不小心招惹祸端。到神农时期，龙伯国人的身子已缩到没法再短了，却依然有好几十丈长。

归墟里五座仙山就这样只剩下三座，剩下的大乌龟经这场捣乱后从此老老实实地背负着仙山，再没出过什么乱子。而归墟仙山的名声在这次纷乱中也传扬开了，许多人都想到这样美丽而神秘的仙山去游玩一回，也确有一些在海边捕鱼的渔夫渔妇，偶然被风吹到仙山近旁，得以上山玩玩。这些传说传到人间帝王耳中，无疑引起了他们极大的兴趣。战国时齐国威王、宣王，燕国昭王，秦代秦始皇，汉代汉武帝等，都曾不惜钱财，打造大船，准备充足的粮食，派遣方士入海到仙山寻求长生不老的良药。但是最后这些人也都如普通人一般去世了，没有例外。谁也没有得到过长生不老的良药。愚笨而贪婪的贵人们享尽人间极乐，也无法战胜死亡的宿命。而关于这些仙山的消息，以后也只剩下传说流传在人们口耳之间。它们到底还在不在那烟涛微茫的大海深处，无人知晓。

说一说：

"夸张"是神话故事常用的写作手法，这个神话故事里有哪些地方运用了夸张的写作手法？找一两处，和别人交流交流。

_____

_____

想一想：

文中提到一些帝王不惜钱财寻求长生不老良药，但都无法战胜死亡的宿命。到现在为止，无人能长生不老，这给人以怎样的启示？

_____

_____

天女散花

　　盘古有两个儿子、一个女儿。他开天辟地以后，命他的大儿子管天上事，人称玉帝；命他的二儿子管地上事，人称黄帝；命他的女儿管百花，人称花神。

　　盘古开天辟地用力过猛，伤了五脏六腑。他快死时，把女儿叫到跟前，拿出一包种子说："这是一包百花种子，交给你了。你要往西走二万二千二百二十二里，那里有一座净土山。你可取净土一担，摊在天石上，把这百花种子种在净土里。然后，你往东走四万四千四百四十四里，在太阳洗澡的地方，那里有一潭真水。

要培育百花，看来不是一件容易的事。天女能成功吗？

你可取真水一担，浇灌百花种子，百花种子就会生芽出土。你再往南走六万六千六百六十六里，那里有一潭善水。你可取善水一担，对花苗喷洒，花苗会结出花骨朵儿。最后，你往北走八万八千八百八十八里，那里有一潭美水。你可取美水一担，滋润花骨朵儿，这样，就会开出百样的花朵。你用这些花给你大哥点缀天庭，给你二哥江山添秀。"盘古说完，就死了。

花神按照父亲的嘱咐，往西走了二万二千二百二十二里，取了净土一担，摊在天石上，播上了百花种子；向东、向南、向北取来真、善、美三潭里的水，精心育花。果然，百花怒放，好看极了。她高兴地报告给玉帝。玉帝便随着妹妹前来观赏百花，他高兴地说："妹妹不辞劳苦，育出百花，用百花美化天庭，天庭不就成花园了吗？"

花神说："当初父王开天辟地，叫你管九霄，叫二哥管九州，叫我育出百花给你点缀天庭，为二哥江山添秀。如今，我已把百花育出，哥哥可不可以助我一臂之力，把这百花撒向人间？"

玉帝答应了，立即唤来一百名仙女，对她们说："我封你们为百花仙子，受命于花神。你们可随意采花，采牡丹的是牡丹仙子，采荷花的是荷花仙子……把你们采来的花撒向人间。"

百花仙子听罢，手托花篮，在花园中穿梭往来，各自采下喜爱的鲜花。片刻工夫，花篮就装满了。然后，她们一手托花篮，一手抓起花，纷纷撒向人间。

天女散花，飘落九州，落地生根。从此，人间有了百花。

- -

想一想：

1.故事中的数字很有特色，你有什么发现呢？

_____

_____

2.为什么要走那么远的路，取"真""善""美"潭里的水来浇灌百花？从中你能得到什么启示呢？

_____

_____

问一问：

阅读故事的结尾，你会提出什么问题呢？

_____

_____

"创世记"单元小结

1. 阅读完这组故事，相信故事中的主角都给你留下了很深的印象，你觉得他们都有什么特点呢？

篇目	主人翁	人物特点
《盘古开天辟地》		
《女娲造人》		
《天女散花》		

2. 很多民间故事，都带有本民族的特点，请你再次重读《盘古开天辟地》，找找故事里的中国元素。

《盘古开天辟地》的中国元素

天象的传说

日月星辰，山川河流，本来是自然之物，但是我们的民间故事给它们增添了很多有趣的传说。让我们一起来看看吧。

狗吃太阳

这是傈僳族一个十分古老的神话。

从前有个小伙子，他找了一个媳妇，结婚不久，他们生了一个女儿。有一年，这个小伙子得

了麻风，因为麻风是很厉害的传染病，所以他就被隔离在离村子很远很远的一个石洞里，根本就没有人到那里去。小伙子养了一条狗，狗日日夜夜陪伴着他。他在石洞里度过了一个月又一个月，生活得清苦又寂寞。

有一天，他到洞外的森林里去散步，在茂密的草丛里看见了一条大蟒蛇。这蛇头大如斗，口大如盆，十分可怕。他偶然发现大蟒蛇的嘴里含着一颗宝石。这条大蟒蛇因为闻到了人的气味，经常爬到洞里，但小伙子不敢去惹它，总是离它远远的。

后来不知什么原因，和小伙子日夜相伴的狗死了。他心里非常难过，舍不得把狗埋葬掉，就把它的尸体仍

放置在洞里面。

　　小伙子想：一定是蟒蛇咬死了他的伙伴。因此，小伙子下定决心要制服或杀死那条该死的蟒蛇，但这需要想出一条妙计，而且不能伤害自己的身体。于是，他想啊想啊，终于，他决定把尖刀埋在地里，要埋得深一点，仅露出一寸左右刀口，当蟒蛇爬过时可以把它的肚皮从头到尾划开，它就一定会死的。主意已定，于是，他就把尖刀埋在蟒蛇经常出入的地方。果然没有多久，那蟒蛇就死了。

　　小伙子从蟒蛇的嘴里取出了那颗宝石，在自己的身上擦抹，然后又在狗的身上擦抹。嘿，狗还真的活了。小伙子特别高兴，因为他经常用那颗宝石擦身，他的麻风好了，人也长胖了。于是，他带着狗回到了村子里。

　　到家以后，媳妇都不认识他了。她说："哎呀，很久没有相见，都不认识你了，因为你长得比以前胖多了。"小伙子说："我住在石洞里，杀死了一条大蟒蛇，从它的嘴里取出了一颗宝石，拿这

颗宝石擦身，我的
病就好了，人也长胖了，还
救活了这条狗的命。"

媳妇又向他细问宝石的事，他也说了。

过了几天，小伙子出去了。媳妇知道了
宝石的秘密，她一定要看一看宝石，但又怕丈
夫突然回来，所以只好拿着宝石到外边去观
赏。正好这天晴空万里，阳光灿烂，她到外面刚打开包
着宝石的手绢，宝石一眨眼就不翼而飞了。

等小伙子回来，媳妇不敢隐瞒，只好把丢宝石的事
一五一十地告诉了丈夫。小伙子
说："这是一个无价之宝，一定
是太阳神把它给收回去了。我们
必须想办法把它找回来呀！"

联系上文，从哪儿可以看出这颗宝石是无价之宝呢？

小伙子准备了很多竹竿，把竹竿一根一根地接起
来，一直伸到太阳的旁边。他准备和他的伙伴——狗，
一起爬到天上去找太阳要回宝石。

在离别的时候，他再三地叮嘱媳妇："我带狗到天
上去寻找宝石，你必须每十天给竹竿浇一次水，不然它

会干掉，也会被虫蛀掉，就会断。"吩咐完了以后，他就领着他的狗，顺着竹竿一节一节地往上爬。

不知爬了多少天，狗先爬到了天上。一天，他的媳妇忘了给竹竿浇水，竹竿被晒干了，又被虫蛀了，"啪啪啪"就断了。于是，小伙子从高空中掉了下来，摔了个粉身碎骨，尸体也找不回来了。

小伙子的狗住在太阳旁边，每隔一段时间，想起主人和他的宝石，就狠狠地咬太阳一口。这时候，人们在地上看到狗吃太阳，太阳只剩下一部分了，天也变黑了。地上的人怕狗把太阳吃掉，就"唔唔唔"地叫狗不要咬了（其实，这是日食）。狗听到喊声，以为是主人要给它送饭来了，就不再咬了。这样，太阳才慢慢地恢复正常。

- -

想一想：

1.如果从小狗的视角，这个故事该怎么讲呢？试着跟伙伴讲一讲。

_____

_____

2."狗吃太阳"是人们对于"日食"现象的神奇想象，如果让你来编关于"日食"的故事，你会怎么编呢？

月亮阴晴圆缺的由来

（蒙古族）

很久很久以前，在大岭山的草原上，有一个叫鲁布桑巴图的人，他见蒙古族的同胞们终年经受风沙的吹打、雨雪的袭击以及魔鬼的侵袭，便立志要为他们建造一种结实的房屋。

为了实现自己的这一愿望，办成这件造福于民的事，鲁布桑巴图骑着马，走遍了高山林海，带着斧头在树林中砍伐最好的木材，又历尽千辛万苦将木材运回草原。他要用这些木材建造一座最宽敞而且最坚固的房屋。

房屋还在建造当中，有一天，鲁布桑巴图又去森林里选木材了。这个时候，有一个魔鬼从这里飞过，他看到这是鲁布桑巴图为了防范魔鬼的侵害而盖的房屋，十分生气，马上动手开始搞破坏。不一会儿工夫，他就把鲁布桑巴图还没有建完的房屋砸得七零八落，砸完之后，便一溜烟地跑开了。

当鲁布桑巴图回来的时候，看到自己辛辛苦苦建造的房屋完全被毁坏了。此时，又正赶上一场特大的暴风雪，天寒地冻，无处安身，他只好用选回来的木材搭成了一个简易的房子，让人们暂时住在里面，以躲过这场无情的暴风雪。

人们都住下来了，鲁布桑巴图问大家："我建造的房屋是被谁毁坏的？"

人们告诉鲁布桑巴图："就是那个怕你建好房屋，再也没有办法害人的魔鬼。他砸坏房屋后，马上就逃走了。"

鲁布桑巴图一听，顿时怒火中烧。他骑上了自己的宝马，下定决心，就算是找遍天涯海角，也要把魔鬼找到，狠狠地教训他一顿，让他为自己的所作所为付出应有的代价。

鲁布桑巴图骑着他的宝马，走过了许多高山峻岭，越过了无数的河流池沼，无论是无边的草原，还是深深的山谷，他几乎都找遍了，可是连魔鬼的影子也没找到。因为魔鬼知道鲁布桑巴图是绝不会轻易放过他的，早就钻到山上的一个石头洞中躲藏起来了。

鲁布桑巴图找了很久也没有找到魔鬼，怎么办呢？

恰好风婆婆从他的身边经过，他便向风婆婆问道："尊敬的风婆婆，您见到魔鬼了吗？"

风婆婆停住脚，低下头想了想，对鲁布桑巴图说："我去过森林和原野，又刚从山谷的那边过来，我没有见过魔鬼，但你也不要灰心，你去问问彩云吧，也许她知道魔鬼的藏身之处。"

"好吧，尊敬的风婆婆，谢谢您了。"鲁布桑巴图又继续向前走去。

鲁布桑巴图见到了彩云姐姐，于是走上前去问她："彩云姐姐，请问你看见那个可恶的魔鬼从这里经过了吗？"彩云姐姐正低头忙着，听见有人问她，便抬起头来回答说："我一直在地上收集露水，哪能顾得上这个，我飘得很低很低，因此没有注意到魔鬼是否从这里经过。太阳在高空，你不妨去问问太阳公公吧！"

"对，对！我去问问太阳公公。"鲁布桑巴图便去问太阳公公，"太阳公公，您老人家一直在高高的天空，有没有看到害人的魔鬼逃到什么地方去了？"

太阳公公笑呵呵地对鲁布桑巴图说："魔鬼刚过去，我正忙于照耀大地，以利于万物生长，没注意魔鬼跑到哪里去了，你去问问月亮姑娘吧！她晚上在天空中遨游，能够看到四面八方所发生的事情，一定会知道魔鬼的行踪的。"

"对，我去问问月亮姑娘。"鲁布桑巴图马不停蹄，又去找月亮姑娘。见到月亮姑娘，鲁布桑巴图问她："月亮姑娘，你看没看到魔鬼到哪里去了？"纯真、诚实的月亮姑娘告诉鲁布桑巴图："我看见了魔鬼，他慌慌张张地逃到大山的石洞里去了。你骑上宝马，朝着东边走，就可以找到他了。"

"谢谢你，月亮姑娘。"鲁布桑
巴图马上按照月亮姑娘指点的方向追去。
很快，他来到一座大山的石洞门前。他把
魔鬼从山洞里逼了出来，便和魔鬼打斗起
来。只几个回合，魔鬼便被鲁布桑巴图打得
只有招架之功，没有还手之力了。

　　魔鬼招架不住了，只好仓皇逃走。鲁布桑
巴图知道魔鬼如果逃掉了，以后还会继续为非
作歹，便骑着宝马追了上去。魔鬼逃到山
谷，遇到了风婆婆。他面露凶相，问风
婆婆："老风婆子，你肯定知道是
谁把我躲藏的地方告诉鲁布桑巴图
的，快点说出来，如果你不说的
话，我就一口吞了你！"

　　风婆婆一看魔鬼的那副
凶恶样，不免有些害怕，

于是就把月亮姑娘说出魔鬼躲藏之地的事告诉了魔鬼。这下魔鬼对月亮姑娘可算是恨之入骨了，他飞向月亮姑娘。看到月亮姑娘，它就恶狠狠地向她怒吼了起来："好一个乳臭未干的小丫头，谁叫你将我躲藏的地方告诉鲁布桑巴图的？我非把你吞吃了不可！"

月亮姑娘看见魔鬼气势汹汹的样子，并不畏惧，也非常生气地怒视着魔鬼。她原本是一张金黄色的脸，一下子被魔鬼气得像银子一样苍白。

她大声斥责魔鬼说："你这个可恶的家伙能把我怎么样！"魔鬼气得嗷嗷怪叫，上去把月亮姑娘抓住，就要往口里吞，却见鲁布桑巴图正从远处追赶而来。魔鬼害怕了，没有等到全部吞进去，就又吐了出来，马上一溜烟地逃跑了。但他没有死心，一有机会遇到月亮姑娘，就会不断地吞食她。这就是月亮阴晴圆缺的由来。

想一想：

1.这个故事中，月亮姑娘是怎样的形象？

_____

2.这个故事的情节安排，你有不同意见吗？如果有，你准备怎样改动？

_____

_____

风姑娘

（哈尼族）

在很久很久的以前，人间不分天和地。有一天，突然来了三个大神造天，来了九个大神造地。

天，造了九千九百九十九年。本来，天可以造完的，可是，造天的三个大神，有意留下巴掌大的一个洞不补上就要走。这时候，地上的人们就问："哎，大神！天还没有造完呢，你们怎么就要走呢？造完吧，尊敬的大神，留下一个洞多不好看哪！"

九也是一个特别有意思的数字。

造天的大神说："唉，你们都是些笨蛋！要知道，留下这个洞是下雨用的，要是都补上了，天上的雨水就下不来啦！雨水不下地，你们口渴了喝什么？你们种下的庄稼怎么活？还是留下这个洞吧！"说完，三个大神急急忙忙地走了。从那以后，天上才有电闪雷鸣，能降下瓢泼大雨。

造地的大神来了九个，也造了九千九百九十九年。本来，地可以造完的，但是，造地的九个大神偏要留下脚掌大的窟窿不给补上就要走。于是，地上的人们又问："哎，大神！地还没有造完呢，你们怎么不把坑补上就走呢？快补上吧，尊敬的大神，留下个坑多不好看哪！"

　　造地的大神说："哎！你们全都是些笨蛋！留下这个窟窿是刮风用的。补上这个窟窿就不会刮风了。不刮风，你们的大树和庄稼就不会长枝发芽，人也会闷得喘不过气来的。"大神说完走了。

　　可是，人们等了一个月又一个月，等了一年又一年，一直等了九百九十九年，也不见刮什么大风。树枯了，草黄了，种下的庄稼不发芽，河边的杨柳不抽条。烈日头上晒，地上如火烧，热得人们发慌，闷得人们苦恼。

　　有一天，人们闷得实在受不了了，于是打算去看看大神留下的那个

窟窿为什么还不刮大风。大家准备了一些吃的喝的，背上弓箭，骑上骡马，向着那个窟窿走去。走了三年零三个月，大家终于找到了大神留下的那个窟窿。大家远远地一瞧，哟，只见一个美丽的姑娘睡在洞口上，把洞口严严实实地堵上了。这个姑娘，脸面朝天，双目紧闭，呼呼地打着鼾，睡得正香甜哩。人们想上前去将她叫醒，可是，她那鼻孔里吹出来的气隆隆响，把人吹出老远老远，使人不能接近她。人们拿她没办法，只好远远地站着，齐声高喊道："嗨！那位美丽的姑娘！你是不是一位尊贵的女神？如果是的话，请你醒一醒，把你的神灵显一显，把大风吹给人间。嗨！那位美丽的姑娘……"

真是一个可爱的姑娘。

　　人们喊着喊着，那美丽的姑娘果然醒来了。她揉了揉眼睛，拢了拢金发，伸了三个懒腰，又打了三个喷嚏。这时，人们顿觉耳边呼呼作响，浑身上下好凉爽。人们狂叫起来："啊！风姑娘醒来了！风姑娘醒来了！大风吹起来了！"从那以后，人世间才有了风。

大风吹来了，吹得百花齐开放，吹得万物眯眯笑。可是，风姑娘有时不高兴，发起疯来可不得了。她能抬起房屋，能助着火威把青山烧焦。她有时温顺，有时暴躁，真拿她没办法呢。

想一想：

1.这个神话故事中，你觉得哪些地方很神奇呢？

_____

_____

2.故事中关于"雨"和"风"的想象，与人们的现实生活经验有什么联系呢？

_____

_____

问一问：

阅读描写风姑娘的句子，你想提出什么问题呢？

_____

_____

"天象的传说"单元小结

1. 古时候的人们认为自然现象是怎么来的？你又是怎么认为的？

篇目	自然现象	故事中的原因	我认为
《狗吃太阳》	日食		
《月亮阴晴圆缺的由来》			
《风姑娘》			

2. 人类与自然的关系是一个历久弥新的话题。你怎么看待人与自然的关系？

_____

_____

_____

_____

_____

_____

那些拥有神力的人

　　神话故事中，很多人物都性格鲜明，给我们留下了深刻的印象。阅读这组故事，想一想哪个人物最触动你，他们身上都有什么精神呢？

夸父逐日

　　远古时候，在北方大荒中的一座叫作"成都载天"的大山上，住着夸父族的巨人。据说他们是大神后土的子孙，个个身材高大无比，力量惊人。他们勇敢坚强而又诚实笃厚。

　　有一个夸父族的巨人，看见太阳每天从东方升起，又向西方隐没下去，经过漫漫的黑暗长夜，直到第二天的清晨，太阳才又从东方升起。巨人夸父心里想："每天晚上，太阳躲到哪里去了呢？我不喜欢黑暗，我喜欢光明！我要去追赶太阳，把它抓住，叫它固定在天空中，让大地不分昼夜都是光辉灿烂的。"

　　在原野上，他抬起长腿，迈开大步，如风一般奔跑，向着西斜的太阳追去，瞬间就跑了一两千里。

　　他这一追，就一直追到了禺谷。禺谷，就是虞渊，也就是太阳落下的地方。还不等太阳落下去，巨人夸父就追上了太阳。一团红亮的火球就在夸父的面前，使他周身完全处在巨大的光明之中。他欣喜若狂地举起两条巨大的手臂来，想把面前的这团红亮的火球捉住。

就在这时，他忽然感到一阵烦躁，喉咙里极渴，使他简直忍受不了。这当然并不奇怪，因为他被炎热的太阳炙烤着，又奔跑了大半天，实在疲倦极了。

神话故事的想象真奇特，夸父"口渴喝水"的描写，让人印象深刻。

他只得暂时放弃了追捕太阳，俯下身子来，去喝黄河、渭水里的水。霎时间，两条大河的水都被他喝干了，可是那烦躁、难受、口渴的感觉还是没有止住。

他再向北方跑去，想去喝大泽里的水。大泽，又叫"瀚海"，在雁门的北边，是鸟雀们繁殖后代和更换羽毛的地方，纵横几千里。寻求光明的巨人若能跑过去，就可以解除口渴，可惜他还没有到达目的地，就在途中因口渴而死了。

巨人夸父倒下去了，山崩地裂般地倒了下去，天地山川都因为这巨人的倒下而发出轰然的震响。这时，太阳正向虞渊落去，把最后几缕金色的光辉涂抹在夸父的脸颊上。夸父遗憾地看着西沉的太阳，长叹了一声，便把手里拄着的手杖奋力往前一抛，闭上了眼睛。

神话故事中比较常见的"垂死化身"情节，"手杖化林"的描写让人印象深刻。

到第二天早晨，当太阳又从东方升起、金光普照着大地的时候，人们发现昨天倒毙在原野上的夸父，已变成了一座巍峨的大山。山的北边，有一片绿叶茂密、鲜果累累的桃林，那是夸父的手杖变成的。他把这些滋味鲜美的果子送给后来追寻光明的人们，帮他们解除口渴，使他们一个个精神百倍，奋勇前行，不达目的，决不罢休。

想一想：

1.你认为夸父逐日代表了怎样的精神？

_____

_____

2.读夸父逐日的故事，你会联想到哪些追寻光明的伟人呢？

_____

_____

问一问：

细读故事的结局，你会提出什么问题呢？

_____

_____

后羿射日

　　天上原来共有十个太阳，都是东方天帝的儿子。他们十兄弟住在东方天外一个叫汤谷的地方。汤谷的海水一直沸腾着，在这沸腾的海水中生长着一棵几千丈高、一千多丈粗的大树，叫扶桑。

　　太阳兄弟就住在这棵树上。最初，他们按照天帝的安排，一人轮流值日一天，所以人们每天只见到一个太阳。可是，到了尧帝在位的时候，十兄弟觉得轮流值日太没意思啦，就在一天早晨，一齐飞跑了出来，在天空中欢蹦乱跳。

想一想，当时是怎样的画面？

　　天空一下子出现了十个太阳，于是，河流烤干了，庄稼晒焦了，草木晒枯了，老百姓没有东西吃了。这时，又有许多恶禽猛兽出来残害百姓，人们更加活不下去了。

　　尧帝每天向上天祷告，希望天帝发发慈悲，把百姓从苦难中解救出来。天帝终于被感动了，他叫来一个擅长射箭的天神——羿，赐给羿一张红色的弓、一袋白色的箭，让他到人间去为民除害，顺便把自己十个调皮的儿子吓回去。

羿领了天帝的旨意，带着他的妻子嫦娥降临了人间。

尧帝赶紧带着羿去外面视察。只见老百姓被十个太阳烤得奄奄一息，而且因为没有东西吃，一个个骨瘦如柴。但当他们听说天神羿下到了凡间，就都打起精神赶往王城，请求羿给他们除去祸害。

羿决定对付太阳。他和尧帝在老百姓的簇拥下，来到王城广场。他先是对着太阳拉弓搭箭，想把他们吓回去，身后的百姓也为羿呐喊助威，可是太阳兄弟们理也不理。

正直的羿想：虽然你们是

天帝的儿子，但你们铁了心与百姓作对，我就敢收拾你们。于是他对准其中的一个，"嗖"的一箭射上去。

过了一会儿，只见天空中的一个火球炸裂开来，金色的羽毛四处飞散，一团又红又亮的东西落在地面上。再一看天上，只有九个太阳了，人们围着羿齐声喝彩。

羿受到欢呼的鼓舞，也顾不得考虑会不会得罪天帝了，搭箭向着东奔西跑的太阳们射去，太阳一个接一个地被射了下来。

正站在土坛上看射箭的尧帝，突然想起太阳对于人类还是不可缺少的，人们还需要光和热，于是急忙叫人暗中从羿的箭袋里抽出一支箭。最后，天空中还剩下一个太阳。

想一想：

1.在这则神话故事中，后羿是怎样的形象？

_____

2.这则故事中哪些神奇的想象，与现实生活是有联系的？

_____

问一问：

细读故事中关于"太阳"的句段，提出你在阅读过程中思考的问题。

_____

嫦娥奔月

嫦娥是后羿的妻子。她长得很美，身体修长柔软，走起路来，如春风里的杨柳，婀娜多姿，风情万种。

后羿因射杀了天帝的九个儿子而被贬下凡，永不得重返天宫，嫦娥也只好跟着后羿来到人间。

从"只好"一词可见嫦娥来到人间是不情愿的，这就为后来的"奔月"埋下了伏笔。

人间与天宫差别太大了。人间没有天宫那样灿烂辉煌，也没有天宫舒适惬意。这里，一切都要自己动手，哪怕是生火做饭这样的小事，自己不动手，就会饿肚子。

嫦娥心里不痛快，每天发牢骚，哭哭啼啼。

后羿待在家里觉得很烦，只好背着弓到外面走走。他只要看到恶兽作恶，就举起神弓除恶。只有这个时候，后羿心里才痛快。

一天，后羿吃完早饭，背着神弓要出门，嫦娥拦住了丈夫说："你先别走，我有事要与你说。"

后羿停住脚步问道："什么事？"

嫦娥说："这些天我一直在想，既然来到人间，也就这样了吧，我不再哭了，也不再缠着你嚷嚷要回天宫去。不过，我想还是当神仙好，神仙可以长生不老。要是我们还能长生不老，你愿意不愿意？"

后羿点了点头。嫦娥见丈夫同意了，便接着说："我以前听说，西边昆仑山上，住着一个叫西王母的神仙，人们都说西王母那里有一种药，是长生不老的药。凡人要是吃了这种药，就会长生不老的。"

后羿并不觉得人间有什么不好，但拗不过妻子的劝说，只好答应去试试。

嫦娥见丈夫答应去试，自是高兴不已，立即给后羿准备行装，催促丈夫赶紧出发。

大地的西边是昆仑山，那里荒无人烟，险恶深渊之中，烈火终日燃烧不熄。后羿不惧艰难，走过常人难以逾越的险阻，来到了昆仑山的山顶。

西王母正坐在山顶上晒太阳。

西王母认识后羿，问道："你来这里有什么事啊？"

后羿很不好意思地把自己的来意说了一遍。

西王母同情后羿的处境，便拿出两个小小的药包，对后羿说："这两包药拿回去，你与嫦娥各吃一包，这样，你们夫妻二人可以与以前一样，长生不老。不过，你以后不能来这里了，这药也只能给你一次，没有第二次。此药不可多吃，也不可不吃。吃多了，会被人耻笑。不吃，也就无法长生。"

后羿记住了西王母的话，辞别西王母后，赶紧回家。见到嫦娥后，后羿把昆仑山之行的经过对妻子说了一遍，然后从怀里掏出西王母给的两包仙药，交给嫦娥。

后羿到后屋睡觉去了，一路的风尘使得他很疲劳。

嫦娥拿起桌上的药包看了一遍又一遍，心里激动不已。嫦娥拿起一包药，张开嘴，一下子就全咽了下去。

嫦娥看着桌上的另一包药，心想："难道真的一包药就可以长生不老吗？这一包药是不是太少了点儿？既然后羿有本事从西王母那里弄来两包药，那么他一定还可以再弄来更多的药。"

想到这儿，嫦娥打开另一包药，一仰脖子，又咽了下去。

这时，西王母的声音在嫦娥耳边回响起来："你丈夫不辞辛劳，万里迢迢给你找来长生不老药。可是，你

却经不住诱惑，将丈夫的药也吃了。你太自私了，众天神会耻笑你。"

嫦娥心里后悔不已，但她的双脚已经慢慢地飘了起来，那是西王母神药的药力在发挥作用。嫦娥想喊后羿，可是，她张不开嘴，她觉得没脸见丈夫了。

嫦娥只好闭上眼睛，任身子飘向天空。

后羿一觉醒来，不见了妻子的踪影。他好像感觉到，冲出屋门，仰望天空，星光下，只见妻子的身影一点一点远去。

他痛苦极了，大声喊着："嫦——娥——，你——回——来——"

天空中回荡着后羿的呼喊声。

后羿没有听到嫦娥的回音，只见天空中一缕细细的飘带在云雾中来来回回地飘呀飘。他知道，那是嫦娥的衣带在飘。

嫦娥一路飘飞，一路哭，泪就没有断过。她不知道自己会去哪儿，也不知道自己该去哪儿。

这时，西王母的声音在她耳边回响着："你太自私了，天宫的诸神是不会容忍你这样做的。"

嫦娥知道西王母这话的分量，知道自己没法去天宫了。可是，她也没法再回人间去，无颜再见丈夫那朴实诚恳的脸了。

这时，她想到了广寒宫。

小时候，她听天宫的老神仙们说过，广寒宫在天宫的下方，那里虽然金碧辉煌，美丽无比，却一直没人住，因为那里没有生气，终日寂寞，寒冷无比。

嫦娥心想自己只能去那里了。

她抹去眼里的泪水，朝着广寒宫飞去。

在广寒宫里，除了一只玉兔和一只蟾蜍蹲在一棵月桂树下打盹外，再也没有其他活的东西了。

嫦娥不禁叹了一口气，她知道这里就是她今后长久的生活之地了。她为自己一时的自私行为感到万分后悔。在那里，她将度过寂寞无聊的时光。

从此，嫦娥就一直生活在月亮上。

夏天，在月明星稀的夜晚，小朋友们要是仔细看一看，也许能看到嫦娥在月亮上跳舞时飘动的长裙。

想一想：

　　1.比较阅读其他版本的《嫦娥奔月》故事，看看嫦娥形象有什么不同，你喜欢哪种形象的嫦娥呢？

_____

_____

　　2.独自待在广寒宫的嫦娥，会想些什么呢？

_____

_____

问一问：

　　"埋伏笔"是故事创作的重要手法，指在前段里为后段内容所做的暗示或提示。找找故事中埋伏笔的地方，结合具体语境，说说作品埋伏笔的作用是什么。

_____

_____

吴刚伐桂

相传，月亮上的月宫门前有一棵桂花树。这棵树生长了亿万年，它高高大大，枝繁叶茂，一年四季郁郁葱葱，从来都不凋谢。它强大的生命力，使之长得硕大无比，月亮的光辉都快被它挡住了。这引起了玉皇大帝的忧虑和焦躁，可一时又一筹莫展。恰好，这时从人间来了一位叫吴刚的西河武士。吴刚人高马大，长得粗壮有力，浑身有使不完的力气。他从小受人指点，精通武艺，臂力过人。他为了寻求长生不老之术，来到天上求仙。

玉皇大帝见他身体强壮，天资很好，是个可以造就的人才，便让他留在天庭修炼。但这个吴刚生性耿直，见到不公平的事，喜欢仗义执言，打抱不平。再加上他在人间闯荡游历，自由惯了，受不了天庭那么多约束，所以，经常受到玉皇大帝的惩罚。

可是，吴刚把玉皇大帝的惩戒全都置之脑后，照样我行我素。有一次，吴刚又触犯了天条，玉皇大帝正发愁找不着砍桂树的人，便命天兵天将将吴刚五花大绑，押到月宫去伐桂。

吴刚在天神们的监视下，只得抡起大斧，使劲砍树。一斧子下去，粗大的枝干，纷纷坠地。一天下来，一棵参天大树被他砍去了不少。

吴刚砍得累极了，便在树下闭上眼，打了一个盹。可当他睁眼一看，硕大的桂树依然如故。他慌忙爬起来，抓起大斧，又用力砍下去，可是每砍一斧，砍出的那道口子就立即自动愈合，怎么也砍不倒它。

希腊神话中的惩罚也很有意思，读一读《普罗米修斯》，说说你的发现。

吴刚就这样，永远在那寂寞的月宫里不停地砍着，砍着……

1.吴刚受到的惩罚，仅仅是"伐桂"吗？

_____

_____

2.你认为人们是依据什么现实情况创作了这则神话故事呢？

_____

_____

精卫填海

女娃是太阳神炎帝最小的女儿，长得活泼天真，聪明伶俐。她非常喜爱大海，常常独自去海边玩耍。妈妈多次叮嘱她不要一个人去海边，但她没有听妈妈的话。

这一天，女娃又像往常一样独自来到大海边。蔚蓝的大海一望无际，在阳光下泛着粼粼波光。海鸥鸣叫着、飞旋着，一会儿掠过海面，一会儿冲向高空，海浪冲击着礁石，发出"哗哗"的响声，飞珠溅玉。

女娃开心极了。她光着一双小脚，沐浴着阳光，追逐海浪，在沙滩上跑着、跳着、唱着。她一会儿掬①起一捧海水，一会儿捡起一枚美丽的贝壳。海风吹拂着她如云的秀发，白色的裙裾随风飘荡，她快乐得就像一只在海边翻飞起舞的蝴蝶。女娃完全沉醉在海边嬉戏的欢乐里，没有料到天气已经开始变化。先是海那边冒出一片乌云，乌云飞快地蔓延着，霎时间就铺满了天，紧接着电闪雷鸣，狂风夹着暴雨倾盆而下。美丽平静的大海在

---

① 掬：两手捧（东西）。

狂风暴雨的袭击下顿时不安起来。它翻滚着、呼啸着，高山似的浪涛冲向海岸。女娃吓坏了，她大声呼喊着妈妈，飞快地向岸边跑去，可是已经来不及了。一个凶猛的浪涛滚来，将女娃卷入大海，顷刻间，女娃就不见了。

中国的神话故事中，有很多这样"死后托生"的神话，人肉体死后灵魂却不死，并且将灵魂依附在现实生活中的另一个生物上。

大海残酷地吞噬了女娃幼小的生命，可是女娃不甘心自己的死亡。她化成了一只美丽的、小小的鸟儿，长着白的嘴、红的足、有着花纹的头，发出"精卫、精卫"的叫声。人们便称之为"精卫"鸟。

精卫憎恨淹死她的大海，发誓不饮大海的水。她奋力向西方飞去，一直飞到西山，落在山上一棵大柘树上。她决心向大海报仇。每天，她从西山上衔起一粒石子，展翅向东海飞去，投向大海，企图把大海填平。一月月，一年年，不管刮风下雨，不管烈日当空，从不间断。

一直到今天，这只小小鸟儿，还在西山与大海之间往返不停地飞翔，做着填海复仇的工作。

又传说，精卫后来与海燕结成配偶，生下小鸟，雄的像海燕，雌的像精卫。每当暴风雨来临的时候，海燕的儿子便迎着海浪，穿过乌云，在大海上勇敢地飞翔，发出战斗的复仇的呼喊声。精卫的女儿则往来飞翔于西山与大海之间，继续着妈妈填海的工作。

东海淹死女娃的地方，因精卫发誓不饮那里的水，这地方就被称为"誓水"。精卫也被叫作"誓鸟"，或"志鸟""冤禽""帝女雀"，以表达人们对她的惋惜和同情，以及对她坚强意志和宏大意愿的赞美和钦佩之情。

想一想：

1.故事开头花了大量的笔墨，讲述了精卫鸟的前身，这是为什么呢？

_____

_____

2.人们通常在什么情况下会赞扬精卫填海的精神呢？

_____

_____

问一问：

关注故事中似乎不合情理的地方，并试着问问自己为什么。

_____

_____

姜太公钓鱼

周文王名叫姬昌，是寒冰上的弃儿——后稷的后代，高高的身材，黑黑的皮肤。他曾被商纣王困在姜里，自从被释放回来，他想起儿子伯邑考的惨死和纣王的暴虐无道，决心把他的国家治理好，把诸侯们联合起来，等时机一到，便向纣王兴师问罪，为人民除害。

有一次，他梦见天帝穿了一身黑袍，站在令狐津的渡头，一个须眉皓齿的老人站在天帝的身后。天帝呼唤着文王的名字说："昌，赐给你一个好老师和好帮手，他的

神话故事中常会有做梦的情节，凡人通过做梦可以与神、鬼交流。

名字叫望。"文王赶紧倒身下拜，那个老人也一同倒身下拜，然后他就醒了。

因想着梦中的老人，姬昌常常带着随从出去漫游、打猎，希望能在漫游的途中侥幸遇见他日思夜想的大贤。

有一次，他又出去打猎。打猎前，他先叫太史编替他卜了一卦。太史编歌吟般地告诉他说：

到渭水边上去打猎，

将会有很大的收获。

不是螭也不是龙，

不是老虎不是熊。

得到个贤人是公侯，

上天赐你的好帮手。

他满心欢喜，遵照着太史编的指示，带领着大队人马，放鹰逐犬，一直走到渭水的蟠溪。在蓊郁的林木深处，有一汪碧绿的水潭，旁边有一位胡须银亮的老者，坐在一束白茅草上，戴着竹编的斗笠，穿着青布衣服，安安静静地在那里钓鱼。车马的喧嚣和人声的嘈杂都没有使他受到惊扰。

坐在车上的文王，皱着眉头，细眯着眼，极力望了好一会儿，这才看清了，此人的形貌和风度，就像是梦中见过的那个站在天帝身后的老人。

文王赶紧跳下车来，恭恭敬敬地走到老人的身边，和他谈话。老人不惊不慌，从从容容地回答，神情态度和平时一样。

文王和老人谈了没多久，连桑树的影子都没有移动一下，就谈得满心欢喜。文王知道老人就是自己所要寻访的那个识见超卓、学问渊博的大贤，便诚恳地向他说道："老先生，我那去世的父亲从前常对我说，不久准会有圣人到我们这里来，我们周氏将因此兴盛发达。这个圣人就是您吗？我盼望您已经很久了！"说毕，就请老人坐上马车，文王亲自驾了车子，一同回岐山去了。

老人被文王尊称为太公望。太公望本来姓姜，所以人们又叫他姜太公。他的祖先据说帮助大禹平治洪水有功，被封在吕这个地方，所以他又被称作吕望。

姜太公虽然极有才学，可是得不到施展才学的机会，他的大半生几乎都在流离颠沛中度过。据说他早年因穷困无法生活，被老婆赶出来，在朝歌市上屠过牛，卖过牛肉，又在孟津卖过饭，生意也不好。最后，他想给人打短工，也没找到雇主。

直到他的精力逐渐衰退，他不得不到渭水来，在水边结上一座茅庵，靠钓鱼糊口。他也曾希望有一天会遇见像周文王这样的明君，使他的满腹经纶和抱负能够得到施展。

可是，他在渭水钓鱼有好些年了，他的须发由斑白到全白，石头上他投竿抛饵、两膝跪踞的地方，也已经深深凹陷下去，留下了两道印痕，而他心中希望出现的明君贤王，还没有出现的迹象。不料，正在这"形如槁木、心如死灰"的当儿，他遇见了文王。

文王在带领着人马回宫的路途中，按照当时优待贤士最隆重的礼节，亲自坐在车子右边赶着马车。而他身旁的姜太公，再也抑制不住内心的激动，几颗热泪从眼角流出来，顺着脸颊流下，把胡须都沾湿了。

太公随文王回去以后，文王派他到灌坛去做了个小官，先考验他一下。

一年以后，太公把那地方治理得很好，连风都很顺从他，他管辖的地方，从没吹过大风。一天晚上，文王梦见一个非常艳丽的妇人，拦住他的去路痛哭。文王问她为什么哭，她说："我是泰山山神的女儿，嫁给东海海神做妻子，现在要回家去。不料被灌坛地方的官长阻挡住了我的归路。我每逢出行，定有大风暴雨伴随。若真是起了大风暴雨，又怕损毁那位贤明的官长的好名声，要受天帝处罚。要是不起大风暴雨呢，我又不能走路，所以两难。"

文王醒来，觉得奇怪，就把太公召来，问个究竟。太公不知怎么回答好。这天，果然有人前来报说：

有大风大雨从太公管辖地方的边境上经过。文王于是便提拔太公担任了大司马的职务。

想一想:

　　1.故事中插叙姜子牙早年穷困的经历，有什么作用呢?

_____

_____

　　2.姜太公的故事，给了你什么启迪呢?

_____

_____

问一问:

　　针对周文王这个人物，你会提出什么问题呢?

_____

_____

钟馗捉鬼

据说，唐玄宗在骊山巡视士兵操练之后，回到宫中闷闷不乐，染上了疟疾，就躺在床上昏昏睡去，做起梦来。

他梦见一个小鬼，一只脚打着赤脚，另一只脚穿着鞋，腰上还吊着一只鞋，别着一把竹扇子，下身穿了一条红布兜裤。小鬼偷走了杨贵妃珍爱的香袋和玄宗珍贵的玉笛，并在寝宫内奔跑嬉闹，拍拍玄宗的头，捏捏玄宗的鼻子，故意戏耍玄宗。

玄宗恼羞成怒，大声斥骂，问他到底是什么人。小鬼笑着说："我叫虚耗，虚就是说偷盗人家的财物如同儿戏，耗就是使人减喜添忧，把好事变成坏事。"

玄宗怒不可遏，刚想下令武士前来捉拿，忽然看见一个巨鬼闯了进来。他头顶破帽，穿着蓝色的袍子，系角带，蹬朝靴，不费吹灰之力，一把抓住小鬼，然后将那小鬼吃进肚里。

玄宗大惊失色，忙问："你又是何人？"

那巨鬼向玄宗作了个揖，说道："我是钟南县的钟馗，因为在武德中参加殿试落第，无颜回去见家乡父老，就撞死在殿前的石阶上。高祖听说后，赐予我绿袍并厚葬。臣铭刻在心，因此帮助圣上除去虚耗妖孽。"

钟馗说完，玄宗便醒了，疟疾也不知不觉地好了。玄宗非常高兴，赶忙叫来画家吴道子，依照梦中形象为钟馗画像。吴道子身手不凡，如亲历梦境般地画完画像，呈上御殿。玄宗看完画像，连连赞叹，立即下旨，晓谕天下：钟馗力大无比，能驱魔鬼，镇妖气，全国百姓在除夕之夜务必张贴钟馗画像。

此后，为了避邪，人们在除夕之夜都要张贴钟馗画像。

想一想：

1. 你能根据故事内容，画一画钟馗的画像吗？
2. 你知道古人为了驱魔辟邪，除了张贴钟馗画像，还贴哪些神人的画像呢？

问一问：

关注钟馗捉鬼的原因，你会提出什么问题呢？

麻姑献寿

　　麻姑是一位象征吉祥与长寿的神仙。她的形象源于南北朝时期中国北方的一位姓麻的少数民族姑娘。

　　麻姑的父亲叫麻秋，早年在集镇上以替人养马为生。麻姑的母亲在一场战乱中被官兵抢去，从此再也没有回来。麻秋失去了妻子，一直郁郁寡欢。麻姑因为长期与汉人做邻居，从小就向汉人学了一手好针线活，等到年龄稍大一点，就常为有钱人家做针线活挣点小钱。

　　一次，麻姑做针线活得了一个桃子，她回家的时候，看见路边围着一圈人，就好奇地走过去。一位身着黄衣衫的老婆婆躺倒在地上，奄奄一息。边上有几个人说："老婆婆是饿的，如果吃点东西，也许会好的。"可是，谁也没有拿出东西给老婆婆吃。那时兵荒马乱，田地都荒芜了，粮食很珍贵，谁愿意将自己的粮食分给一位素不相识的人呢？麻姑看不过去，就从怀里拿出那只桃子，蹲下身扶

在兵荒马乱、田地荒芜的社会生活背景下，麻姑帮助素不相识的老婆婆，她的善良真是可贵啊！

起老婆婆，用桃子喂她。桃子又甜又大，老婆婆吃了很快缓过劲来。

老婆婆开口说："孩子，谢谢你，你能不能再给我喝点粥？"

"好呀，我回去帮您煮。"

麻姑回家就生火煮粥，把街上遇到的情况告诉了父亲。父亲麻秋恶狠狠地说："这种老家伙，饿死算了！你给她吃桃子，已经是她很大的福分了。我们家的粮食本来就不够，你竟自作主张煮粥给她，实在是不像话！"父亲不让麻姑为老婆婆送粥，并把她关进了后屋不许外出。

半夜里，麻姑仍惦念着街上黄衫老婆婆的情况，她听到前屋的父亲已呼呼入睡，就从锅里舀了一碗粥，快步来到街上，但只听到狗吠声，哪儿还有老婆婆的踪影？麻姑很焦急，到处寻找老婆婆。

月光下，只见原来老婆婆坐的地方，有一颗桃核，麻姑拾了起来。这时父亲麻秋醒来了，发现女儿不在家中，便找到街上，气急败坏地把麻姑拖回家，狠狠地打了她一顿。

第二天晚上，麻姑刚睡下，就看见穿黄衫的老婆婆朝自己笑盈盈地走来。老婆婆抚着麻姑的头说："孩子，谢谢你！亏你有一片善心。那桃子果然是好东西，我吃了已经足够益寿延年了，你放心吧。"说完就飘然而去。

早上起床，麻姑把收藏好的桃核在自家的院子里种下，一年后，它就长成了一棵大桃树。奇怪的是，这棵桃树在正月里就开花，三月里就结出又大又红的桃子，许多人都来看热闹。三月正是青黄不接的时节，麻姑就用桃子接济附近一些饥贫交迫的老人。更奇怪的是，吃了麻姑送的桃子，那些老人不仅能几天不吃饭不觉得饿，而且原来身上的小毛病也都好了。

集镇上的老人见麻姑这样善良能干，私下都说她是天仙下凡，称她每年三月送桃是"麻姑献寿"。

后来，麻姑的父亲从了军，因为作战勇敢，几年后被封为征东将军。

麻姑虽然做了高级将领的女儿，但还同往常一样和邻里们相处，一点也没变。父亲麻秋很不满意女儿还和这些穷人们来往，觉得丢了自己大将军的面子。他听说麻姑所种的那株桃树后，更加不舒服，就命令手下把桃树砍了，还烧了原来的房子，硬逼着麻姑住进了将军府。

一天，麻姑感到烦闷，就由丫鬟陪着，走出府外散散心。她看见集镇周围在大兴土木，许多劳工在辛苦地劳动，就问丫鬟是怎么回事。

丫鬟回答说："这是老爷抓来的俘虏①和拉来的劳工，将军要筑城与外族人打仗。小姐你看，老爷在那儿监工呢！"

顺着丫鬟指的方向，麻姑看见父亲正在用鞭子抽打着从他面前走过的劳工，嘴里不停地喊："快！快！"

麻姑实在看不下去，走上前去劝说："爹爹，你让他们也喘口气吧，他们又不是牲口！"

但是，麻秋两眼一瞪，说："去，去！女孩儿家懂什么！"

麻姑看见劳工伤病很多，非常同情他们，常常瞒着父亲从将军府拿些药来给劳工们医治，有时还为劳工们缝补衣物。

得知劳工们做夜班很辛苦，一直要做到鸡叫才能休息，麻姑曾多次要求父亲多给劳工一点休息时间，结果却遭到父亲的严厉呵斥。麻姑明白求父亲是没有用的，

---

① 俘虏：打仗时捉住的敌人。

她决定另想办法。

一天夜晚四更天，麻姑悄悄地来到鸡窝旁，轻轻地学公鸡叫："喔，喔，喔——"鸡窝里的公鸡也昂着头，跟着啼叫起来。集镇上的其他雄鸡听见了，都跟着"喔，喔，喔——"啼叫起来。做夜班的劳工们听见鸡叫，知道可以收工回家了，他们兴奋地大叫："收工啦！"一连几天都是这样，劳工们都还不知道公鸡早啼是麻姑帮的忙。

开始时，麻秋还没注意，后来，他觉得有什么地方不大对头。他派人暗中监视麻姑，终于证实了自己的怀疑。麻秋很恼火，决心一定要惩治女儿，就叫人先把麻姑锁进闺房内。

麻姑被锁在闺房，想逃出去，但一点办法也没有。这时，一扇窗户打开了，麻姑一看，竟是穿黄衫的老婆婆。老婆婆说："孩子，我们又见面了，你和你父亲的缘分已尽，还是跟我走吧。"原来，这位穿黄衫的老婆婆是黎山老母，上次她吃的麻姑的桃子是普通桃子，留下的却是仙桃核，让麻姑去接济贫困老人。她觉得麻姑是位善良的姑娘，所以这次来解救她，并带她去修道成仙。

从此，麻秋再也没见到过自己的女儿。不过，麻姑跟随黎山老母修道成仙后，每年三月，都会送桃给贫困的老人吃，不少人还遇见过她哩！

想一想：

1.故事花了大量的笔墨写了麻姑的父亲，这是为什么呢？

_____

_____

2.请概括一下，有哪些事件表现了麻姑乐于助人的善良品质？

_____

_____

问一问：

关注故事中的"老婆婆"，你会提出什么问题呢？

_____

_____

共工触山

传说，颛顼是黄帝的孙子。他是一个勇敢聪明的统治者，统领了辽阔的疆域，他的民众都很爱戴、敬仰他。

有个部落领袖叫共工氏，传说他是炎帝的后代，他长相奇特，有两个人头，头发赤红色，身体是蛇，坐骑是两条龙。共工的儿子叫后土，精通农业。为了发展农业，父子二人一起考察了部落的土地情况，他们发现，地势太高的土地难以灌溉，地势低洼的地方总会被雨水淹没，这对农作物种植非常不利。为了改善这种情况，共工氏把高处的土运至低处，使得地势变得平缓，更适合耕种和灌溉，有利地促进了部落农业的发展。

但是，共工的做法惹恼了颛顼，他认为自己是至高无上的统治者，整个部落的事应该由他来决定，共工私自挪运土壤，触犯了他的权威。于是他利用鬼神煽动民众，让民众相信挪运土壤是会触犯鬼神，会遭受灾害惩罚的。民

颛顼虽然是一位勇敢、聪明的统治者，却也有糊涂的时候，这也是导致共工触山的根源。你觉得颛顼的态度和做法正确吗？如果你是共工，你又会如何说服颛顼接受自己的做法呢？

65

众相信了颛顼。

共工氏虽然坚信自己的想法是正确的，但是没有民众理解他，更没有人支持他。为了让民众相信他，促进农业发展，他决心用生命唤醒被蒙蔽的群众。

共工氏驾起飞龙来到不周山，猛地撞向山腰。随着一声震天巨响，不周山拦腰折断，整座大山轰然坍塌。霎时间，日月变换，山川移动。原来不周山是天地之间的支柱，只见大地向东南方向塌陷，天空向西北方向倾倒。从此之后，太阳每天东升西落，大江大河向东奔流。

共工氏英勇的行为得到了人们的敬重。在他死后，人们奉他为水利之神，掌管洪水，后土也被人们奉为土地神，掌管土地。后人们常说说"苍天后土"，后土就指共工的儿子，由此可见人们对其非常敬重。

远古时期的人们不理解自然现象的变化，便用这些神奇大胆的想象加以解释，其实这也是我们的祖先对宇宙的探索和想象呢！这也是中国古代神话故事的由来之一，你还知道哪些例子呢？搜集起来，和小伙伴互相交流吧！

想一想：

1.人们借共工触山这个故事，解释了哪些自然现象呢？

_____

2.结合《女娲补天》的传说，你认为共工触山的行为，是英勇的，还是莽撞的呢？

_____

湘妃竹

五千多年前，中国有个英明的国君叫尧，他有个贤明的臣子叫舜。尧经过多次考验，认为舜是个非常值得信赖的人，就把自己的两个女儿——娥皇和女英嫁给了他。后来，又把自己的帝位禅让给他。舜的确没有使尧失望，他为人民做了许多好事，特别是他命禹治好了大洪水，使人民过上了安定的日子。

中国上古时期实行禅让制，帝位传给贤明的人。直到禹的儿子启后，禅让制变成了世袭制。

可是，舜到了晚年的时候，南方的九嶷一带有几个部落发生了战乱，他便决定亲自到那里视察一下，以解除那里的战乱。舜一向非常尊重两位夫人，就把自己的打算对她们说了。不料娥皇和女英担心他的身体，都不赞同他到九嶷山去。女英说："你一个人去，我们不放心，要去我们一起去。"

舜说："九嶷山那里，山高林密，道路崎岖，你们是女人，怎么能吃得了那样的苦？"虽然舜一再劝阻，但两位夫人决心已定，非要去不可。没有办法，在一个夜晚，舜带上几位随从，不辞而别，悄悄地出发了。

几天不见舜帝回宫，娥皇和女英心中着急了。舜帝到什么地方去了？后来她们找到侍从一问，这才知道舜帝已经动身去九嶷山好几天了。她们放心不下，立即收拾行装，准备车马，随后追赶上去。

追赶了十几天，这一天她们来到了扬子江边，遇到了大风，幸亏有位老渔夫，知道了她们是舜帝的夫人，用船把她们送到了洞庭山，让她们在一座小庙中住了下来。大风一直刮了一个多月，她们出不了湖，只好焦急地盼望着风早些停止。她们登上山顶向远方眺望，心中暗暗祝福舜身体安康。

这两位多情的夫人，日也望，夜也盼，送走了无数个日夜。她们望啊，盼啊，望眼欲穿，愁肠寸断，但也没有见到舜帝的归帆。

渐渐地，风停了。在一个风平浪静的中午，她们突然看到从南方漂来一只插有羽毛旗帜的大船。这是宫廷里的船，她们急忙跑去迎接。但是，一看到船上的侍从和士兵一个个愁眉苦脸，满面哀容，她们立刻猜到发生了什么事情。

侍从们一边把舜帝的遗物交给她们，一边说："舜帝驾崩于九嶷山下，已经埋葬在那里了。"娥皇和女英虽然已预料到凶多吉少，但这情况一经证实，她们便哭昏在地。

从此，娥皇和女英每天都要爬上洞庭山顶，抚摸身边的一株株翠竹遥望九嶷山，流淌着伤心的泪水。就这样，日复一日，年复一年，她们的泪水洒遍了青山竹林。那满山的翠竹也与她们一起悲伤，一起流泪，株株翠竹都沾上了她们悲伤的泪水，竟在竹身上留下了永远擦不掉的斑斑泪痕。

后来，娥皇和女英由于过分地想念舜而投湘水自尽。她们成了湘水之神，被称为"湘妃"或"湘夫人"。后人称洞庭山漫山的、有斑斑泪痕的竹子为湘妃竹。

想一想：

1.你能用上"因为……所以……"的句式，概括故事的主要内容吗？

_____

_____

2.第2自然段的哪句话，暗示了故事的结局？

_____

河伯献图

禹治理洪水，创造了疏导法。他让应龙在前面用尾巴划地，他沿着应龙所划的路线开凿河道，引导洪水流入东方的大海。

禹率领治水大军，浩浩荡荡地来到黄河。他站在高高的山崖上，迎着从群山奔涌来的黄河。应龙在水中翻腾，但半晌过去了，河道还是划不出来。往左时，水往右涌，往右时，水又往左涌。

"大王，不行。"应龙在水中高声呼叫，"水道划不出来。""怎么会这样呢？"禹在山崖上沉思。"我们请河伯帮忙吧。"众小龙说。"河伯？"禹问道。"我听我祖父讲，河伯掌管河道图，古时开河道都请河伯。"一条小龙回答。"应龙，你先上来休息一下。"禹大声叫喊道，"我们再想办法。"

应龙从浊黄的水中跃起，飞到禹所站的山崖上。

"大王，河底崎岖不平，处处有奇峰怪石挡着，划

70

不出河道来……"应龙的话还没说完，突然，从漩涡中跃出一个人来，带起高高的水柱。那人个子极高，白净面皮，长着鱼的身子，他来到禹面前跪下，献上一块水淋淋的青石，高声说道："河伯前来拜见。"

禹吃了一惊，慌忙还礼，说道："您近日可好？我们正要去拜见您老呢！"河伯说："好好！你为人间治水，我帮不上忙，心里十分不安。今献上青石一块，也许对你有点用处。对了，你们找我有什么事？"禹接过青石，连声道谢，又说："我们想借您的地图用用，不知您老……"河伯哈哈大笑，转身跳入水里，不见了。

禹往青石上一看，见上面有一些弯弯曲曲的天然花纹，略一沉思，就明白这是一幅治河的地图，不觉大喜。他对着河伯跳入水中的地方深施一礼，高声说："河伯！谢谢您送图！"

河伯献图的消息一传开，群龙起舞，民众欢呼，治水工地上一片喜庆景象。

想一想：

结合故事的内容，品析题目"河伯献图"中的"献"字要是换成"送"字，好不好。

"那些拥有神力的人" 单元小结

1. 这组故事中的很多主角，他们的身上都闪烁着让我们佩服的精神。回顾下本组故事，试着完成下面的表格。

人物	我感受到的精神
夸父	
后羿	
精卫	

2. 民间故事是一种口头文学，讲好民间故事可是有小秘密的。跟着下面的秘诀，一起来练习讲民间故事吧。

（1）厘清大框架

厘清大框架	
起因	追赶光明
经过	
结果	

（2）说清小细节

要把故事说生动，光说清楚故事的大框架是不够的，我们还要说清小细节，特别是那些能够体现故事"神奇"特点的地方，如"手杖化林"。

远古的文明

在远古的传说中，有很多神为人类做出了重大的贡献。仓颉造出了汉字，燧人氏发明了钻木取火的方法，神农为了人类尝遍百草而死，让我们一起走进远古的文明吧！

炎帝的故事

太阳神炎帝是女娲神升天若干年后出现在大地上的一位大神。他和他的玄孙火神祝融共同治理着南方方圆一万二千里的大地，主宰着南方的生命。

炎帝是位非常慈爱的大神。当他在世的时候，大地上的人类由于生育繁多，自然界生产的食物已经不够人们吃了。于是，仁爱的炎帝便教会人类如何播种五谷，收获五谷，用自己的辛勤劳动来换取生活所需要的一切。当他想教人类种五谷时，从天空纷纷降落下许多谷种。他把这些谷种收集起来，播种在开垦出来的土地上。一次，他看到一只遍身通红的鸟，嘴里衔了一株九穗的禾苗在空中飞过，穗上的谷粒落在地上。炎帝把谷粒拾起来，种到了田里。

这些谷物长成后，人们可以吃了充饥。人类从此有了足够的粮食，生活十分安定。

那时候，人类共同劳动，互相帮助，既没有主人，也没有奴隶，收获的果实大家平均分配，感情像亲兄弟姐妹一般亲密。

为了能让人类过上更加幸福的日子，炎帝又让太阳发出足够的光和热，使五谷孕育生长，使人们生活在灿烂温暖的光明中。从此，人类再也不愁衣食，人们非常感谢炎帝的恩德，便尊称他为"神农"。那时，炎帝的样子是牛头人身，这大约是与他对农业做出的贡献有关。

炎帝不但是农业之神，同时又是医药之神。炎帝有一根神鞭，被称作赭鞭。他用这根鞭子抽打各种各样的药草，药草经过赭鞭的抽打，有毒无毒、或寒或热的各种药性就自然地呈现出来。于是，他就根据这些药草的不同药性来给人治病。为了更加确定药性，他还亲自去品尝百草。为了尝药，他曾在一天里中毒七十多次。一次，他尝了一种有剧毒的断肠草，竟然烂断了肠子。

炎帝看到人类虽然衣食富足了，但在生活上还有许多不方便，于是又让人们设立了贸易市场，把彼此需要的东西拿到市场上去交换。在市场上，可用五谷交换兽皮，或用珍珠交换石斧等。有了这种交换，人们的生活更富足了。

那时没有钟表，也没有其他记录时间的方法，凭什么来确定交换的时间呢？而且人们又不能放下手中的劳动整天守在市场上等候交换。于是，炎帝又教给人们一个方法，当太阳照在人们头顶上的时候，就在市场上进行交易，过了这段时间，大家便自动离去，也就散市了。人们实行起来，感觉到真是又简便，又准确。

在他的教育下，他的后代也为人类做出了许多贡献。如他的重孙殳制作了射箭用的箭靶；鼓和廷制作出了一种叫"钟"的乐器，又创作了许多歌曲，使音乐在人间得到普及。

想一想：

1.概括一下，炎帝给人类做出了哪些贡献？

_____

_____

2.根据故事内容，想象炎帝的样子，画一画。

问一问：

根据故事的内容，你有什么问题想问的呢？

_____

_____

彭祖的故事

有一个叫彭祖的人，传说是禹的玄孙。

他还没有出生时，父亲就死了，他的母亲抚养他长到三岁，也死去了。他在颠沛流离、风餐露宿中长大，没有固定的家，走到哪

> "玄孙"是指孙子的孙子，也称曾孙的儿子或儿子的曾孙。

里就在哪里敲开一户人家的门，要点吃的。这样，他长到了成年。一天，他来到一片茂密的森林里，看见了一只五彩野鸡，鸡毛绚丽多彩，在阳光照耀下闪闪发光。彭祖从来没有见过这么美丽的野鸡，便将它捉住。彭祖施展自己的烹调本领，做了一份野鸡汤，本来想自己喝的，但他思来想去，最后还是献给了天帝。天帝非常高兴，他从未喝过如此鲜美的野鸡汤，就对彭祖说："你做了这么好吃的汤，我总该赏你点什么。好吧，你去数一数那野鸡，看它身上有多少根彩色的羽毛，你就能活到多少岁。"彭祖回去后，仔仔细细地数了数野鸡身上的毛，只有八百根。他大为懊悔，因为他洗野鸡时顺手

拔了一些鸡毛扔到河里去了。他一直叹息，本来他还可以活得更长些。

彭祖经历了好几个世纪，到殷朝末年，他已经活了767岁，但看起来还很健康，脸色红润、头发乌黑，一点不见衰老。在这期间，他一共娶了49个妻子，失去了54个儿子。他们陆陆续续来到阴间冥王那里报到。阎王特别惊奇，花名册的记录上有103个人自称是彭祖的妻子和儿子了，却没见彭祖这个人。他查查仙籍，彭祖也不在神仙之列，阎王百思不得其解，于是决定上天去问问天帝。天帝笑着说："此人的长寿是靠一碗鸡汤得来的，他本人并没有成仙的福分，800岁时他会去你那儿报到的。"

彭祖虽然也经常为钱财之事而忧心，但他在人世间最为苦恼的事还是总有人问他长寿的秘诀，从平民百姓到诸侯君王，全国上下，没有一人不想追根究底。殷王也曾派人向他询问长生的秘诀。彭祖说："我这几年也很是烦恼，精神上受到很大的影响，动静二脉的血都干枯了，气力也大不如前了，恐怕快要离开人世了，我所知道的养生之道，实在浅薄，不值得给大王讲呀！"而后，彭祖怕殷王追查不休，便悄悄地逃到了流沙国以西的地方，又过了几十年便死去了。临死前，他还在念叨那些扔到水里的野鸡毛，哀叹自己活得太短了。

想一想：

　　1.这个故事中，有哪些地方让你感到很神奇呢？

　　2.这个神话故事，表达了人们怎样的愿望呢？

问一问：

　　针对故事的结尾部分，你想提出什么问题呢？

黄帝战蚩尤

黄帝打败炎帝之后，许多诸侯都拥戴他，想让他做天子。可是炎帝的子孙不甘心向黄帝臣服，三番五次挑起战争，其中尤以蚩尤为甚。

蚩尤是炎帝的孙子。据说，蚩尤生性残暴好战，他有八十一个兄弟，都是能说人话的野兽，一个个铜头铁额，把石头铁块当饭吃。炎帝战败后，蚩尤在庐山脚下发现了铜矿，他们把这些铜制成了剑、矛、戟、盾等兵器，军威大振，便起了野心要为炎帝报仇。蚩尤联合了风伯、雨师和夸父部族的人，气势汹汹地来向黄帝挑战。

黄帝生性爱民，不想有战争，一直劝蚩尤休战。可是蚩尤不听劝告，屡犯边界。黄帝不得已，叹息道："我若失去了天下，让蚩尤掌管了天下，我的臣民就要受苦了。我若姑息蚩尤，那就是养虎为患。现在他不行仁义，一味侵犯，我只有惩罚不义！"于是黄帝亲自带兵出征，与蚩尤对阵。

黄帝先派大将应龙出战。应龙能飞，能从口中喷水，一上阵，就飞上天空，居高临下地向蚩尤阵中喷水。刹那间，大水汹涌，波涛直向蚩尤扑去。蚩尤忙命风伯、雨师上阵。风伯和雨师，一个刮起满天狂风，一个把应龙喷的水收集起来，反过来俩人又施出神威，刮风下雨，把狂风暴雨向黄帝阵中打去。应龙只会喷水，不会收水，结果，黄帝大败而归。

不久之后，黄帝整顿军队，重振军威，再次与蚩尤对阵。黄帝一马当先，领兵冲入蚩尤阵中。蚩尤这次施展法术，喷烟吐雾，把黄帝和他的军队团团罩住。黄帝的军队辨不清方向，看不清敌人，被围困在烟雾中，杀不出重围。就在这危急关头，黄帝灵机一动，猛然抬头看到了天上的北斗星，斗柄转动而斗头始终不动，他便根据这个原理发明了指南车，认定了一个方向，这才带领军队冲出了重围。

这样，黄帝和蚩尤一来二去打了七十一仗，结果是黄帝胜少败多，黄帝心中非常焦虑不安。这一天，黄帝苦苦思索打败蚩尤的方法，不知不觉昏然睡去，梦中九天玄女交给他一部兵书，说："回去把兵书熟记在心，战必克敌！"说罢，飘然而去。黄帝醒后，发现手中果真有一本《阳符经》，打开一看，只见上面画着几个象形文字："天一在前，太乙在后。"黄帝顿悟，于是按照玄女兵法设九阵，置八门，阵内布置三奇六仪，制阴阳二遁，演习变化，成为一千八百阵，名叫"天一遁甲"阵。黄帝演练熟悉，重新率兵与蚩尤决战。

为了振奋军威，黄帝决定用军鼓来鼓舞士气。他打听到东海中有一座流波山，山上住着一头怪兽，叫"夔"，它吼叫的声音就像打雷一样。黄帝派人把夔捉来，把它的皮剥下来做鼓面，声音震天响。黄帝又派人将雷泽中的雷兽捉来，从它身上抽出一根最大的骨头当鼓槌。传说这夔皮鼓一敲，能震响五百里，连敲几下，能连震三千八百里。黄帝又用牛皮做了八十面鼓，使得军威大振。

为了彻底打败蚩尤，黄帝特意召来女儿女魃助战。女魃是个旱神，专会收云息雨，平时住在遥远的昆仑山上。黄帝布好阵容，再次跟蚩尤决战。两军对阵，黄帝下令擂起战鼓，那夔皮鼓和八十面牛皮鼓一响，声音震天动地。黄帝的兵听到鼓声勇气倍增，蚩尤的兵听见鼓声丧魂失魄。蚩尤看见自己要败，便和他的八十一个兄弟展开神威，凶悍勇猛地杀上前来。两军杀在一起，直杀得山摇地动，日抖星坠，难解难分。

黄帝见蚩尤确实不好对付，就令应龙喷水。应龙张开巨口，江河般的水流从上至下喷射而出。蚩尤没有防备，被冲了个人仰马翻。他也急令风伯、雨师掀起狂风暴雨向黄帝阵中打去。只见地面上洪水暴涨，波浪滔天，情况很是紧急。这时，女魃上阵了。她施起神威，刹那间，从她身上放射出滚滚的热浪，她走到哪里，哪里就风停雨消。烈日当头，风伯和雨师无计可施，慌忙败走了。黄帝率军追上前去，大杀一阵，蚩尤大败而逃。

蚩尤的头跟铜铸的一样硬。他还能在空中飞行，在悬崖峭壁上如走平地，黄帝怎么也捉不住他。追到冀州中部时，黄帝灵感突现，命人把夔皮鼓使劲连擂九下，这一下，蚩尤顿时魂丧魄散，不能行走，被黄帝捉住了。黄帝命人给蚩尤戴上枷铐，把他杀了。害怕他死后还作怪，又把他的身和首埋在了两个不同的地方。蚩尤死后，他身上的枷铐才被取下来抛掷在荒山上，变成了一片枫树林。那每一片枫叶，都是蚩尤枷铐上的斑斑血迹。

想象可真奇妙！

黄帝打败蚩尤后，诸侯都尊奉他为天子，这就是

轩辕黄帝。轩辕黄帝带领百姓开垦农田，定居中原，奠定了华夏民族的根基。

想一想：

1.这个故事中，有哪些地方让你感到很神奇呢？

_____

_____

2.从这个故事中，你看到了黄帝是怎样的形象？请结合具体内容，说一说。

_____

_____

问一问：

关注故事中描写蚩尤的句段，提出你思考的问题。

_____

_____

刑天舞干戚

蚩尤反抗黄帝失败以后，又有一个无名的巨人起来反抗黄帝，为炎帝复仇，立志要推翻黄帝的统治。这个巨人，本来没有名字，由于后来被黄帝砍掉了脑袋，人们就叫他"刑天"。"刑天"，就是"断头者"的意思。

他本是太阳神炎帝的臣子，生平酷爱音乐。当炎帝统治天地的时候，刑天还替炎帝作了一支乐曲，叫作《扶犁》，又叫《凤来》；又创作了一首诗歌，叫作《丰年》。从这些歌曲的名称中，可以想见当时人民所过的生活是多么幸福快乐了。

但是，新崛起的黄帝却用强大的武力打败了炎帝，把炎帝逼迫到南方去，只能做个小天帝，炎帝只好忍气吞声。

当蚩尤举兵反抗黄帝的时候，刑天心里也曾燃烧起希望的火焰，怀着满腔的悲愤，想一同去参加这场斗争，却被炎帝制止了。后来听说蚩尤失败，被杀身死，他再也忍耐不住，决定单独采取行动，去和黄帝见个高下。

他偷偷离开南方天庭，左手握了一面盾，右手拿了一把板斧，气势汹汹地一直奔向中央天庭，直接去向黄帝挑战。他一路经过许多关隘，把守重重天门的天兵天将，没有一个是他的对手。他势如破竹，一直杀到黄帝的宫门前。

黄帝听说刑天杀来，怒不可遏，当即提了一口宝剑，亲自出来对付刑天。两人在云端里剑斧交加，你来我往，拼命厮杀，杀了许多时候，不分胜败。不知不觉，两人从天庭一直杀到凡间，一路杀去，直杀到西方常羊山的近旁。黄帝觑了个空子，冷不防一剑向刑天的颈脖砍去。只听得"嚓"的一声，刑天那颗像小山丘样的巨大的头颅，就从颈脖上滚落下来，落在山脚下了。头颅落地和滚动的声音，就像天上的轰雷，震得山谷和林木都发出"嗡嗡"的回响。

刑天用手一摸脖子，发现头颅没有了。他心里发怒，忙把右手的板斧移给左手握着，蹲下身来伸手在地上乱摸，想把头颅找回来。周围的大山小岭都给他摸了个遍，那参天的树木、突兀的岩石，在他巨手的接触下都断折了、崩溃了，只弄得烟尘迷漫、木石横飞。但他还是没有摸到自己的头颅。

黄帝恐怕刑天摸着了头颅，重新补在脖子上，又将有一场惨烈的厮杀，因此赶忙提起手里的宝剑，对着常羊山用力一劈，"哗啦"一声，把常羊山分为两半，刑天的头颅滚入山中，大山又合而为一。

正蹲在地面上摸索头颅的刑天，一下子停止了动作。他蹲在那里，呆呆的，身体就像是一座黑沉沉的大山，生根在那里已经有了千百万年一样。他知道他的头颅已经被埋葬，他将永远身首异处了。他的看不见的敌人此刻也许正站在他的面前，得意地哈哈大笑呢。

他失败了吗？——不，他并没有失败！至少他并没有甘心！

他突然站起身来，一只手拿着大板斧，一只手拿着那长方形的盾，向着天空乱挥乱舞，继续和面前的看不见的敌人做拼死的战斗。

赤裸着上身的断头的刑天，拿他的两只乳头当作眼睛，拿他那肥大的圆圆的肚脐当作嘴巴，用他的身躯当作头颅。

他那长在胸前的两只眼睛好像要喷吐出黑色的愤怒的火焰，他那长在肚子上的阔大的嘴巴好像正在发出战斗的呐喊。

他还有战斗的力量和勇气。虽然他的敌人老早就逍遥地跑回天庭去了，可是他一直到现在还在常羊山的附近，挥舞着他手里的武器……

想一想：

1.当初刑天想和蚩尤一同举兵反抗黄帝时，炎帝为什么制止呢？

_____

_____

2.你如何评价刑天的复仇行动？

_____

_____

问一问：

读了故事的结尾，你想提出什么问题呢？

_____

_____

仓颉造字

相传，仓颉在黄帝手下当官。那时，当官的并不威风，和平常人一样，只是分工不同。黄帝分派他专门管理统计圈里牲口的数目、屯里食物多少的事。仓颉这人挺聪明，做事又尽心尽力，很快熟

中国的汉字历史悠久，博大精深。一个个汉字的背后，常常藏着一段段故事。汉字是怎么造出来的呢？我们一起来读故事吧。

悉了所管的牲口和食物，心里都有了谱，很少出差错。可慢慢地，牲口、食物的储藏不断增加、变化，光凭脑袋记不住了。当时又没有文字，更没有纸和笔。怎么办呢？仓颉犯难了。

仓颉整日整夜地想办法，先是在绳子上打结，用各种不同颜色的绳子，表示各种不同的牲口、食物，用绳子打的结代表每种数目。但时间一长，就不奏效了。这增加的数目在绳子上打个结很方便，但数目减少时，在绳子上解个结就麻烦了。

仓颉又想到了在绳子上打圈圈的方法，在圈子里挂

上各式各样的贝壳，来代替他所管的东西：增加了就添一个贝壳，减少了就去掉一个贝壳。这法子挺管用，一连用了好几年。

黄帝见仓颉这样能干，叫他管的事情愈来愈多，每年祭祀的次数、每次狩猎的分配、部落人丁的增减，也统统叫仓颉管。仓颉又犯愁了，仅凭着添绳子、挂贝壳已不抵事了。

怎么才能不出差错呢？

这天，他参加集体狩猎，走到一个三岔路口时，几个老人为往哪条路走而争辩起来。一个坚持要往东，说有羚羊；另一个要往北，说前面不远的地方可以追到鹿群；第三个偏要往西，说有两只老虎，不及时打死，就会错过机会。仓颉一问，原来他们都是看着地下野兽的脚印才认定的。仓颉心中猛然一喜：既然一个脚印代表一种野兽，为什么不能用一种符号来表示我所管的东西呢？他高兴地拔腿跑回家，开始创造各种符号来表示各种事物。果然，通过这种方法，他把事务管理得井井有条。

黄帝知道后，大加赞赏，命令

用心理描写，表现了仓颉领悟造字之法的兴奋之情，也展现了仓颉造字的思考过程。

仓颉到各个部落去传授这种方法。渐渐地，这些符号的用法推广开了。就这样，文字逐渐形成了。

仓颉造了字，黄帝十分器重他，人人都称赞他，他的名声越来越大。

后来，仓颉开始骄傲了，什么人也看不起了，造字也马虎起来。

这事传到黄帝耳朵里，黄帝很恼火。他容不得一个臣子变坏。怎么叫仓颉认识到自己的错误呢？黄帝召来了身边最年长的老人商量。这老人长长的胡子上打了一百二十多个结，表示他已是一百二十多岁的人了。老人沉吟了一会儿，独自去找仓颉。

仓颉正在教各个部落的人识字，老人默默地坐在最后，和别人一样认真地听着。仓颉讲完，别人都散去了，唯独这老人不走，还坐在老地方。仓颉有点好奇，上前问他为什么不走。

老人说："仓颉啊，你造的字已经家喻户晓，可我人老眼花，有几个字至今还糊涂着呢，你肯不肯再教教我？"

仓颉看这么大年纪的老人都这样尊重他，很高兴，催他快说。

老人说："你造的'马（馬）'字，'驴（驢）'字，'骡（騾）'字，都有四条腿吧？而牛也有四条腿，你造出来的'牛'字怎么没有四条腿，只剩下一条尾巴呢？相反，鱼儿没有四条腿，只有一条尾巴，你造的'鱼（魚）'字怎么多了四条腿，而没有尾巴呢？"

仓颉一听，心里有点慌了：自己原先造"鱼"字时，是写成"牛"样的，造"牛"字时，是写成"鱼"样的，都怪自己粗心大意，竟然教颠倒了。

老人接着又说："你造的'重'字，是说有千里之远，应该念出远门的'出'字，而你却教人念成重量的'重'字。反过来，两座山合在一起的'出'字，本该为重量的'重'字，你倒教成了出远门的'出'字。这几个字真叫我难以琢磨，只好来请教你了。"

这时，仓颉已羞得无地自容，深知自己因为骄傲而铸成了大错。这些字已经教给各个部落，传遍了天下，改都改不了。他连忙跪下，痛哭流涕地表示忏悔。

老人拉着仓颉的手，诚挚地说："仓颉啊，你创造了文字，使我们老一代的经验能记录下来、传下去，你做了件大好事，世世代代的人都会记住你的。你可不能骄傲自大啊！"

从此以后，仓颉每造一个字，总要将字义反复推敲，并征求人们的意见，一点也不敢粗心。等大家都说好后，字才定下来，然后逐渐传到各个部落去。

想一想：

1.你能按照"起因、经过、结果"的顺序，讲讲仓颉造字的故事吗？

_____

2.读了这个故事，你觉得仓颉是个怎样的人呢？

_____

问一问：

阅读的过程也是思考的过程，读了这个故事的内容，你会提出什么问题呢？

_____

钻木取火

远古时代的人们是没有火的。到了夜晚，人们就生活在黑暗之中，吃的食物当然也是生的。当时，火掌握在雷神手里，只有雷神发怒，炸起响雷，放出闪电，闪电燃起树木，发出熊熊

想一想，没有火的生活是多么不方便！人们只能吃生的食物，比如，当夜晚降临，人们很不方便……

火光时，人们才能看见火。但等树木燃烧完了，火也就熄灭了。这时，树林中就会有些被烧死的野兽，人们吃了觉得味道比生的好多了。于是，人们渴望得到火，可到哪里才能寻到火呢？

火还是有的，不过在那极远极远的地方，在大地的极西极西，连太阳和月亮也照不到的遂明国里。这遂明国，不分寒暑，四季如春天般温暖；不分昼夜，光明永远照耀大地。这是怎么一回事呢？

原来，遂明国里有一棵奇大无比的树，叫"遂木"。这遂木的树身几千几万个人牵手也抱不过来，树

叶盘曲缠绕，遮天盖地，占有几万顷的土地。正是这棵神奇的树发出照耀大地的光和热，所以人们又称它为"火树"。

如果能从这火树上取些火种回来该多好！可是几万年过去了，谁也没有去试一试。因为遂明国实在是太远了，去那里要翻过一千座高山，渡过一万条大河，越过荒瘠无边的沙漠，途中还有许多毒蛇猛兽拦路吃人。

这一年，有一个青年，他有着铁打的体魄、超人的力量、卓越的智慧以及吃苦耐劳的精神，他周围的人没有不夸赞他的。这青年听说遂明国有不灭的火树，决定去取一些火种回来，为人民造福。

青年带上弓箭、刀枪出发了，一路上遇到无数艰难险阻。高山挡路，他结藤攀过去；大河阻拦，他伐木造舟渡过去；漫漫沙漠，他披星戴月赶过去；毒蛇猛兽要吃他，他拔出刀枪、弓箭和它们搏斗，杀死它们。

烈日晒焦了他的皮肤，严寒冻僵了他的手脚，风雨雷电无情地抽打着他的身体；饥饿、干渴、劳累、伤痛曾使他一次次倒下去，但他又一次次地站起来，坚强地继续前进。

时间一天天地过去。不知过了多少年，也不知

走了多少万里路，
青年只是走呀走呀，走
得连太阳和月亮也被他甩在了
后面。他的路途上一片漆黑，他好像
落入了黑暗王国，只能摸索着行进。

　　这一天，黑暗的远方，出现了一缕像晨曦一
样微弱的亮光，青年高兴得连心都要跳出来了，那发
光的地方就是遂明国呀！青年抖擞精神，迈开大步，
向那亮光奔去。

　　他终于来到遂明国，站在了
那棵奇大无比的树下。大树处
处闪耀着美丽的火光，像珍珠
宝石一般璀璨夺目，把四
方照耀得一片光
明。

遂明国既无太阳，也无月亮，全靠这棵大树发光。那么这棵大树为什么会发出火光呢？青年仔细地观察着、寻找着。啊，看见了！原来大树上有无数只长着长脚爪、黑脊背、白肚皮，像鹗一样的大鸟，它们用自己短而坚硬的嘴，不停地去啄那树干、枝条，每啄一下，就有灿烂夺目的火花迸发出来。

这个聪明的青年，顿时悟出了取火的方法。他折下遂木上的一根小枝，试着去钻大的树枝，稍一用劲，就有火光飞溅出来。青年非常高兴，他可以折取一些遂木带回去。可是用完了又怎么办呢？能不能用别的树枝代替遂木取火呢？他取来了别的树木试着钻下去。钻呀！钻呀！虽然比钻遂木的时间长一些，但最终也能发出火光，让树木燃烧起来。

青年高兴极了，即刻动身回到自己的国度，把他在遂明国发明的钻木取火的方法教给人们。人们一传十、十传百，很快都学会了。

自此以后，人类就有了火。火把五谷煮烂，把野味烤熟。冬天，人们用它取暖；黑夜，人们用它照明。

人们还用火来冶炼矿石，打造工具和武器。火使人类生活发生了巨大变化，促使人类迈向文明。

为了纪念那个发明钻木取火的青年，人们尊称他为"燧人氏"，"燧人氏"就是"取火者"的意思。

想一想：

1.通过燧人氏钻木取火的故事，我们可以感受到早期人类对火的一种什么情感？

_____

_____

2.比较《普罗米修斯盗火》，从中你能发现中西方文化有哪些差异吗？

_____

_____

问一问：

关注燧人氏取火的过程，提出你思考的问题。

_____

_____

"远古的文明" 单元小结

1.仓颉造字的故事，让我了解汉字的起源。每一个汉字背后，往往都有很多有趣的故事。下面是一些用汉字创造的有趣的句子和童话故事。

"旦"对"日"说："瞧，我坐在＿＿＿＿＿＿＿＿＿＿＿

＿＿＿＿＿＿＿＿＿＿＿＿＿＿。"

2.下面是一位小朋友写的有趣的汉字童话，请你把它补充完整：

字典里正在排节目。"女"和"乃"演"＿＿＿＿＿＿"，

"父"和"巴"演"爸爸"。奶奶和爸爸是长辈呀，谁来演小辈呢？"子"最合适了，它还找来了"小"，它们一起演"＿＿＿＿＿＿＿＿"。奶奶、爸爸、孙儿都有了，"小"大声问："那妈妈呢？""女"挠挠头说："我演两个角色吧，我和'＿＿＿＿＿＿＿＿'演'＿＿＿＿＿＿＿＿＿'！"

故事中的道理

　　神话故事不仅情节有趣，还处处闪耀着智慧的光芒。在阅读神话故事的过程中，我们可以通过故事内容，多思考故事背后的道理，可能会有更多的收获！

愚公移山

　　太行山和王屋山两座大山，从地面到山顶，有一万多丈高，绕着山走一圈，有七百里。

　　有个叫作愚公的人，年纪都快九十岁了，面对着太行、王屋两座大山居住。由于大山挡住了他家的通道，进进出出都要绕道而行，很不方便。于是，愚公就将家人召集在一起商量："这两座大山，堵住了我们的路。我打算和你们一起，用尽全力挖平这两座山，那样我们以后出门就方便了！你们说这样可好？"大家都很赞同。而愚公的妻子却提出质疑，她说："凭你的一点力量，连魁父这样的小山都不能移动，何况是太行和王屋这两座大山呢？再说那石头和泥块又往哪里放置呢？"大家说："把石头和泥块运到渤海滩去就行了。"于是，愚公就在子孙中挑选了三个能挑担的人，加上他自己一起敲碎石头，挖出土块，用畚箕和箩筐装上土石，挑运到渤海之滨倒掉。愚公的邻居是个寡

如果是你，你会同意愚公的这种做法吗？

妇，她有个才七八岁的儿子，也来帮他们运土。

黄河边上，也住着一个老汉。这个人很精明，人们管他叫智叟。他听说这件事后，讥笑愚公的不明智，试图阻止他，说道："你可真是老糊涂了！凭你这风烛残年的力气，连这两座山的毫毛也动不了，更何况是搬运泥土和石块呢！"愚公听后，长叹道："你也太顽固不化了，以致不通情理，连寡妇和儿童都不如。虽然我终究会死，但我还有儿子呀，儿子又生孙子，孙子再生他的儿子，儿子又会有儿子，儿子再生孙子，子子孙孙，无穷无尽，而那山却并不增高，为什么不能将它搬平呢？"智叟听了，哑口无言。

一个神灵听说了愚公的这番话，担心愚公真会这样干下去，于是将此事向天帝报告。天帝被愚公的真诚和意志感动，命令山神把两座大山搬走了。从此以后，愚公的门前一望无际，连较高的丘陵都看不到了。

想一想：

有人说，愚公不愚，智叟不智，你怎么评价他们两个人呢？

_____

_____

十二生肖的故事

据说，古时候，人们是没有生肖的。十二生肖是后来玉帝给排定的。

玉帝为了给人们排定生肖，决定在天庭里召开一个上肖大会。他给各种动物发了道开会的圣旨。

那时候，猫和老鼠是很要好的朋友。它们生活在一起，像兄弟一样。开上肖大会的圣旨送到了猫和老鼠那里，它们都很高兴，决定一起去参加。猫爱打瞌睡，它自己也知道这一点，所以在开会前一天，就预先和老鼠打了招呼。

"鼠弟！你知道我是爱打瞌睡的。"猫大爷客气地说，"明天去上肖的时候，假如我睡着了，你叫我一下好不好？"

老鼠拍着胸脯说："你放心睡好了，到时候我会叫醒你的！"

猫大爷说了声："谢谢你！"就抹抹胡子，放心睡去了。可是第二天早晨，老鼠很早起来，吃过早饭，独自上天庭去了。对正在熟睡的猫，它一声也没有叫。

住在清水潭里的龙哥哥，这天也得到了开上肖大会的通知。龙生得很威武，浑身有亮晶晶的鳞甲，又有一个大鼻子和一把又粗又长的大胡子。它想这一次选生肖，自己非被选上不可。但是，龙哥哥有个美中不足的地方，那就是头上光秃秃的，缺少一对美丽的角。它想：如果我再有一对美丽的角，那该有多好啊！想啊想，它就打定主意，决心要借一对角来戴上。

正巧！龙哥哥一从清水潭里钻出来，就看见一只大公鸡，挺着胸脯，在岸边踱方步呢。那时候，公鸡头上是有一对大角的。龙哥哥一见，高兴极了，连忙游过去，向公鸡打招呼："鸡公公！明天我要上肖去，把你的角借我戴一戴好吗？"

鸡公公回答说："哎呀，龙哥哥！真对不起，明天我也要上肖去呢！"

龙哥哥说："鸡公公，你的头太小了，戴上这么一对大角，实在很不相称，还是借给我戴吧！你看我这个光头，多么需要一对像你这样的角啊！"

就在这时候，从石头缝里钻出来一条蜈蚣。蜈蚣是很爱管闲事的。它听了龙哥哥的话，插嘴说："鸡公公！你就把角借给龙哥哥用一回吧。如果你不放心，我来做保人，怎么样？"

鸡公公想了一想，自己就是没有这一对角，也够漂亮了，就答应由蜈蚣作保，把角借给龙哥哥。

第二天，天庭里就开了一个盛大的上肖大会，各种动物都到齐了。玉帝在动物中选出了牛、马、羊、狗、兔子、老虎、龙、蛇、猴子、鸡、老鼠、猪十二种动物，作为人的生肖。

挑选出十二种动物以后，还有一个麻烦的问题，就是排定先后的次序。

当时，在这件事情上大家有了争执。特别是由谁领头的问题，大家议论纷纷。玉帝说："你们中间牛最大，就让牛领头作第一肖吧！"

大家都满意，连老虎也赞成。不料小小的老鼠却跳出来说："应该说，我比牛还要大！每次，我在人们面前一出现，他们就叫起来说，哎呀，这只老鼠真大！却从来没有听见人说过这头牛真大。可见在人们的心目中，我实在比牛大！"

老鼠这一番话，把玉帝弄糊涂了。玉帝说："难道真有这样的事吗？我看，不见得吧？"

猴子和马都说老鼠吹牛。但是老鼠理直气壮地说："你们要是不相信，可以试一试！"

鸡、狗、兔、羊等都同意试一试，玉帝也赞成了，他就带着十二种动物到人间去。

事情真如老鼠所说的一样，当大水牛在人们面前走过的时候，人们纷纷议论说："这头牛长得真肥、真好。"可是没有一个人说"这头牛真大"。这时，狡猾的老鼠突然爬到牛背上去，用两脚直立起来。人们一见牛背上的老鼠，果然立即惊呼起来："哎呀，这只老鼠真大！"

玉帝亲耳听见了人们的惊呼。他皱皱眉头，无可奈何地说："好吧，既然人们都说老鼠大，我就让老鼠作第一肖。至于牛，就屈尊第二吧！"

这样就算确定下来了。现在的十二生肖就是这样：老鼠是第一肖，牛是第二肖。

老鼠作了第一肖，得意扬扬地回来了。睡眼蒙眬的猫看见了，奇怪地问道："鼠弟，怎么啦？今天不开上肖大会了吗？"

老鼠神气活现地回答道："你还在做梦呢！上肖大会早已开过了，有十二种动物上了肖，我是第一名！"

猫大爷着实吃了一惊，圆睁着两眼，问道："那你为什么没叫我一道去？"

老鼠轻描淡写地回答道："忘记了！"

猫大爷气得胡子根根竖起，大声嚷道："小东西，你不讲信用！你不是亲口答应叫醒我的吗？要不然，我也不会放心睡觉。你害我误了一件大事，我要跟你算账！"

老鼠一点也不肯认错。它满不在乎地说："哼，有什么账可算呢？叫你，是情分；不叫你，是本分。我又不是你的下属！"

这一下可把猫大爷气坏了。它呼哧呼哧地喘着气，突然把牙齿一磨，"呼"地扑上去，咬住老鼠的头颈。老鼠只把后腿弹了两下，"唧唧"叫了两声，就断了气。

如果老鼠肯认错，那么猫还会吃了老鼠吗？

从此，猫和老鼠就成了死对头，直到现在还是这样。

再说鸡公公开了上肖大会回来，也一肚子不高兴。

它想：玉帝把龙哥哥排在自己前面，很可能和那对角有关系。它决定把那对角讨回来。

鸡公公走到清水潭边，看见龙哥哥正兴高采烈地在那里游水，就很有礼貌地说："龙哥哥，请你把角还给我吧！"

龙哥哥一听，吃了一惊，不知所措地说："哎呀，鸡公公！你要角做什么呢？说实在的，你没有角，看起来比长着角更美丽。而对我来说，一对角是多么重要啊！"

鸡公公听了，很不高兴地说："龙哥哥，不管你多么需要角，可是借了人家的东西，总是要还的呀！"

龙哥哥一时答不上话来。它沉吟了一下，忽然很有礼貌地对鸡公公鞠了一个躬，说："对不起，鸡公公！现在我要休息去了。这件事，我们以后再谈吧！"说完，不等鸡公公回话，就一个猛子，钻到水底下去了。

鸡公公又气又恨，拍着翅膀，在清水潭边拼命地喊："龙哥哥，角还我！龙哥哥，角还我……"可是龙哥哥躲在潭底睡大觉，理也不理。

鸡公公叫喊了半天，喉咙也叫哑了，力也乏了。它无法可想，决定去找保人蜈蚣说话。

鸡公公在乱石堆里找到了蜈蚣，把龙哥哥不肯还角的事，一五一十地说了一遍，最后说："蜈蚣，你是保人，这件事你不能不管。"

蜈蚣昂着头想了半天，慢吞吞地说："我想龙哥哥会把角还给你的。如果它真的不肯还，那么，我也没有办法。鸡公公，你是明白的，它躲在水里，叫我怎么去找它呢？"

鸡公公气得满面通红，说："可是当时你是自愿作保人的呀！难道有这种保人吗？出了事情就不负责任了！"

蜈蚣也发急了，说："鸡公公，那可不能这样说。当初你借角给它，完全出于自愿。我插上来，不过做个太平保人罢了。再说，我当初作保的时候，也想不到龙哥哥会不讲信用的。要是我能预料到这一点，也就不会给它作保了。"

"那你说怎么办呢？"鸡公公压住火气问。

"我说嘛，我说它要是真不肯还，你就只好自认晦气了。这也只怪你自己当初没有三思而行，太鲁莽了些。"蜈蚣说。

"怪我自己？"鸡公公瞪着眼睛逼近了一步。

"当然，首先应该怪你自己没有三思而行。"不知死活的蜈蚣回答说。

鸡公公气得满脸通红。它伸长了颈子，一下子就啄住蜈蚣的脑袋，甩了几下，就把蜈蚣吞到肚子里去了。

从那时起，每到夏天，我们就常常看见公鸡在院子里啄蜈蚣吃，并且每天天一亮，鸡公公就想起了它失去的角，总要放开喉咙大叫几声："龙哥哥，角还我……"

想一想：

1.从猫与公鸡的遭遇中，你获得了什么启示呢？

_____

_____

2.老鼠成为十二生肖之首的原因，还有其他版本。如果让你创编这段，你会怎么编呢？

_____

_____

问一问：

针对故事的内容，你会提出什么问题呢？

_____

_____

青龙潭

（白族）

在云南苍山马龙峰和圣应峰之间，有一条青碧溪，溪流处有个清澈深邃的龙潭。从龙潭向上看，岩石像一台织布机，青碧溪溪水像一卷很长很长的白布。在右边峭壁上有一个一丈见方的"雨"字，三五棵青松立在"雨"字的两旁，活像古代守门的将军，让人一到龙潭边，就感觉好像真有龙在那里一般。

相传在很久很久以前，这里确实住着一条能变化成人、心地非常善良的青龙。它专办好事，使马龙峰一带的村庄年年风调雨顺，五谷丰登。龙潭左边有一座建筑宏伟的寺院，叫小雷音寺，住着一位老和尚和两个小和尚。老和尚饱学佛经，下得一手好棋。他常常出门去找人下棋，但总是扫兴而归，因为始终碰不到一个名家高手。

一天，雷雨交加，从寺外走来一位身披金缎披风的

神话传说的由来有时与地理形貌有关。

小伙子。他眉清目秀，两眼特别有神，一进门就规规矩矩地问安："师父，学生有礼了。"

老和尚问："小伙子，你是从哪里来的？有什么事？"

"我家就在山脚下那个村庄里。今天到山上串门，想不到遇上大雨，只好到宝刹躲躲。"

老和尚热情地说："稀客，稀客，请到方丈室歇息。"

方丈室里，挂满了山水画及佛家书法，格外清雅。正中有一张石制圆桌，上面摆着一盘象棋。小伙子一进门，视线就落在了棋盘上，目不转睛地看着。老和尚见了，高兴地问："看起来，你对象棋还挺有兴趣呢！来来来，我俩对上一局。"

小伙子谦让了一番，也就坐下同老和尚下起棋来。直到傍晚，一盘棋还未下完，胜败未分。老和尚不禁暗暗地赞赏起小伙子来。正下得起劲，小伙子却站起来说："老师父，我该回去了。"

老和尚兴趣正浓，急忙说："哪能走，就在这里住吧，天已经黑了，何况这棋——"

"今晚，我一定得回去，不然家中不放心。棋，明天再下吧。"小伙子边说边走，很快消失在黑夜中。

第二天，小伙子很早就来到了寺院，与老和尚下了一整天的棋，两人输赢都差不多。几天以后，他们成了很要好的棋友，形影不离，无话不说。

光阴似箭，日月如梭，老和尚渐渐地感到奇怪，暗自思量：这个小伙子自称是下面那个村的，为什么天天有闲工夫来下棋？为什么他晚上非要回家不可呢？这真是个难解的谜。

一天，在下棋时，老和尚问小伙子："你的家到底是哪个村的？为什么每个晚上非回家不可呢？"

小伙子笑起来："老师父，老实告诉您，我家就在附近，我们是多年的邻居了。"

老和尚大吃一惊："年轻人莫打诳语，在这深山老林中哪有什么人家？"

"我怎么会骗您？我就住在寺庙右边的水潭里。"

"住在水潭里？"老和尚更加惊奇。

"我是龙啊。"小伙子一本正经地说。

"呵……这，我不信。"老和尚摇摇头。

"请到水潭边看吧，待我回家取件东西来。"

老和尚跟着小伙子来到水潭边，只见潭水阴森森的，望不到底，寒气逼人。老和尚拉着小伙子的手说："不要开玩笑，这怎么会是你的家？"

小伙子一甩手，一头扎进水潭里。老和尚吓得像筛糠筛一样颤抖。他趴在岩石边往下看，哪有小伙子的影子，只见水泡往上直冒。老和尚正想叫徒弟们打捞尸首，忽然水泡翻滚起来。眨眼工夫，小伙子托着银盘，盘中放着一件锦绣袈裟，已站在老和尚的面前了，他浑身上下没有沾上一滴水，笑眯眯地说："老师父，这是我送您的礼物，看看是否合身。"

老和尚把袈裟展开一看，只见霞光万道，光艳夺目，整个山谷红光一片，真是佛家至宝。老和尚忙把袈裟合拢说："不敢当，老衲无福享受。"

青龙说："这确实是佛家至宝，不知是哪年哪月存在我龙宫的宝库中。为纪念师父与小龙相遇之情，就奉送给师父，今后会有用处。"

老和尚推辞不过，只好收下。从此，两个人友情更深。有一天，老和尚问青龙："你是青龙我相信了，可是龙与人总有区别嘛，你怎么与人一模一样呢？"

这里为后面老和尚用袈裟避水埋下伏笔。

116

青龙说："龙与人不一样，我现在同您来往，是化身的呀！"

"我这辈子还没见过龙是什么样子，你能不能现出真身，让我看看。"

青龙有点为难，说："这件事是万万行不得，你肉眼凡胎看见龙，会害怕的。"

"我们天天在一起，就像一家人，别人不能看，难道我们这般友情也不行吗？我就求你这一回。"

青龙只是摇头，老和尚急切地想看到真龙，一而再再而三地恳求。青龙无法，只好直说："老师父，不是我不想给你看，如果凡人看到我的真身，那我就不能随便变人了，千年修行化为乌有，还会触犯天条，招来大祸。"

"呵……有这等事？那佛家弟子也不能看吗？"老和尚问。

青龙微微一笑："佛家弟子也是肉体凡胎呀！不过师父与小龙来往一年，常食仙家果品，与一般凡人不同……"

老和尚一听有了希望，更加恳切地要求："我就说我们俩是有缘分的。看在我们相识一场的份儿上，你今天就变给我看看吧。"

"不行啊，这可不是开玩笑的，寺里不单是您一人哪！"青龙慎重地说。

老和尚忙说："这事容易，明天一早，我叫两个徒弟到城里去买菜，让他们下午再回来。"

青龙知道现身给人看，会触犯天条，但出于他俩多年的友情，也就答应了："那好，我就现丑一次。"

第二天一早，老和尚将两个徒弟叫来，吩咐他们到城里去买菜，下午再回来。

青龙来了，同老和尚来到方丈室坐下。青龙说："昨晚我想了想，为了小心起见，要把大门关上，请师父把我送的袈裟穿上。"

老和尚穿上袈裟，来到天井，对青龙说："请现金身吧。"

青龙只得现身。说时迟，那时快，一晃之间，天井中现出一条一尺长、浑身青纹、有一对小角的小青龙，一扭一扭地朝老和尚游来。老和尚起初还看不见，大声呼喊："龙神，你在哪里？"低头仔细一瞧，大失所望："真龙原来是这个样子啊，只不过比蛇多一对角，哪能腾云驾雾、呼风唤雨？"

正说着，青龙又站在他身旁："师父该满足了吧？"

老和尚摇摇头说："我想既然是龙，那定是庞然大物，想不到你才一尺来长。"

青龙哈哈大笑："师父，我本来不是这么小，要变多大有多大，变大了怕吓着您。"

老和尚恍然大悟："原来你是故意变小呀，快再变大一点，我不怕。"

青龙这时也高兴，加上没有外人，老和尚又披着袈裟，觉得不会有危险，就说："我今天索性让你看个够。"说着抖擞精神，准备大变一番。

再说两个小和尚走出寺来，议论说："今天师父为什么叫我俩都到城里买菜，还说要到下午再回来，莫非有什么名堂？"

两个徒弟越想越奇怪，想平时老和尚和那小伙子天天下棋，很多事都是背着他俩。不知今天又要干什么事，他们觉得非要弄个水落石出不可，便转身回寺。

只见寺门紧闭着，两道门内射出一片红光，他们便抬来一架梯子，从窗子爬进去，从楼上向下看。顿时，他们都惊呆了，原来天井里有一条一丈长、碗口来粗的青龙。

只听师父高兴地喊："再大一点，再大一点！"眨眼间，青龙一下子长到五六丈长，水桶般粗，浑身闪着青光，龙头、龙角、龙须、龙爪，都看得一清二楚，一条龙占了整个天井的一半。老和尚还在喊："再大点，龙神！"青龙便一下子变得水缸那么粗，头如大斗，口似血盆，牙如利剑，眼似铜铃，浑身青黑，整个天井都摆不下了。老和尚吓得缩成一团，用袈裟遮身，颤抖地说："罢，罢，罢了……"

青龙正想变回人，但怎么变也变不回来，心里一急，龙头立起两丈高，正对着偷看的两个小和尚。只听"啊呀"两声惨叫，两个小和尚被吓死了。

转眼之间，雷电齐鸣，大雨瓢泼。青龙万分悔恨不该大意，使自己再不能变成人，尾巴一甩，不慎把大殿扫为平地，大水如万马奔腾般地冲来。青龙不得不哀痛地一直冲进海中。

老和尚被大水一直冲到东海，碰到岸边岩石才醒过来。原来那件袈裟是水火两避的宝衣，所以救了他的命。老和尚如大梦初醒，深深地叹了一口气，感到不该逼青龙现真身，真是太对不住朋友了。于是，他就在海边痛哭，哭得口干舌燥。他没脸再回青碧溪，就出游到外地去了。

从那以后，龙潭就成了现在这个样子。后来，人们为了纪念青龙，就将潭改名为"青龙潭"，还在峭壁上刻了个"雨"字。

想一想：

1.读了这个故事，你有什么启示呢？

_____

_____

2."埋伏笔"是故事创作中常用的手法，指在前段里为后段内容所做的暗示或提示。这个故事中，哪些地方运用了"埋伏笔"手法呢？

_____

_____

问一问：

关注故事中的主要人物，提出你思考的问题。

_____

_____

阅读向导的话（写给老师与家长）

要让孩子成为一个真正爱读书的人，陪伴孩子的人，一定是个优秀的读者。

《中国神话故事》是一部通俗易懂、百读不厌的文学经典。书中所选的27个故事，对于孩子来说，可能并不陌生。很多故事在孩子童年时期，就在父母或祖父母的讲述中，耳熟能详。阅读这样熟知的作品，就需要我们重新认识阅读经典的价值，给予孩子更为丰富而深刻的阅读启迪。

中国的神话故事，取材于各民族流传千百年的人物故事。这些故事就像一颗颗民族文化精神的种子，深藏在心灵的深处，悄然生发出向上、向善、向前的正能量。惩恶扬善、舍生取义、勇往直前、忠贞不渝……这些美好的人性美德，凝聚在一个一个鲜明的人物身上，潜藏在一个一个短小精悍的故事里面。不用宣传教育，只要能读会讲这些故事，就是一种熏陶，我们要相信故事的力量。这些故事还充满了神奇的想象、深刻的思想与精巧的构思，优秀的读者总能发现那些有助于语文能力生长的要素。陪孩子读，就是要做这方面的点拨与引导，让孩子拥有一双学语文的慧眼。

一是根据单元做主题式阅读。本书的各个单元，是按主题来编排的。一个单元的故事读完后，可以和孩子进行交流、分享或主题探讨。相同主题的神话故事，不同的民族有相同之处，也会有不同之处。引导孩子去发现、比较这些异同，会让阅读像探险一样充满乐趣，有助于阅读能力的提升。阅读时，可以摘取、串联，构建相关的结构体系，帮助孩子学习从多个角度看问题。比如"创世记"单元，就是从天、地、人是怎么来的，使孩子对先民们最原初的世界观有一个初步的了解，并在这奇幻的想象世界里，感受到先民们对未知世界探索的智慧和勇气。

二是提供资源做拓展性阅读。孩子若能通过阅读，由这一本想到那一本，由这一类读到那一类，阅读的触角就会越伸越远，阅读的视野也会越来越广，阅读的理解也会越来越深。如阅读"创世记"单元中的四个故事后，可以结合读一读西方国家创世记的神话故事，比一比中西方创世神话的共同点和不同点，从而发现中国神话故事中的特有元素。

三是通过讲故事作分享式阅读。读完一个单元，可以组织孩子开展讲故事、议故事活动，展示孩子的阅读成果。可以就孩子感兴趣的某个人、某件事、某个话题等进行探讨，增强孩子对故事人物的理解、对故事主旨的把握、对故事内涵的领悟。当孩子从某个故事中受到启发，自然便能用来检视现实生活中的所见所闻，阅读也就实现了对自身的观照。

四是谨防阅读的"练习"异化。阅读必须是有趣的，如果无趣，则无法吸引孩子持续、深入阅读。神话故事本身内容生动活泼，使人愿意阅读。陪伴孩子阅读，不要异化成了练习阅读能力而阅读。用知识考察阅读成效，会极大破坏孩子的阅读"胃口"。优秀的读者，首先是热爱阅读的人，其次是善于阅读的人。一味地做练习，是练不出真正意义上的优秀读者的。

快乐收获

一、回顾与梳理

1.中国神话故事是成语的来源之一，请把来源于中国神话故事的成语写下来吧!

_____

_____

_____

2.梳理神话故事中"造福于民"的人物并简要概括他们的功绩吧。

人物	主要功绩
盘古	
女娲	
天女	
后羿	
炎帝	
仓颉	
燧人氏	

3.神话故事中一些人物成为某种精神的象征。请根据关键词，写出相关的人物。

坚持不懈：＿＿＿＿＿＿　＿＿＿＿＿＿　＿＿＿＿＿＿

心地善良：＿＿＿＿＿＿　＿＿＿＿＿＿　＿＿＿＿＿＿

勇敢正义：＿＿＿＿＿＿　＿＿＿＿＿＿　＿＿＿＿＿＿

4.有些神话故事，是人们对自然现象的一种解释，请简要梳理。

神话故事	解释的自然现象
《盘古开天辟地》	
《女娲造人》	
《狗吃太阳》	
《风姑娘》	
《湘妃竹》	

5.某报社要开展"最具影响力的中国神话人物"评选活动，你想推荐谁呢？请为他（她）写一段50字左右的推荐词吧！

＿＿＿＿＿＿＿＿＿＿＿＿＿＿＿＿＿＿＿＿＿＿＿＿＿＿＿

＿＿＿＿＿＿＿＿＿＿＿＿＿＿＿＿＿＿＿＿＿＿＿＿＿＿＿

＿＿＿＿＿＿＿＿＿＿＿＿＿＿＿＿＿＿＿＿＿＿＿＿＿＿＿

＿＿＿＿＿＿＿＿＿＿＿＿＿＿＿＿＿＿＿＿＿＿＿＿＿＿＿

＿＿＿＿＿＿＿＿＿＿＿＿＿＿＿＿＿＿＿＿＿＿＿＿＿＿＿

6.《吴刚伐桂》这个故事，是以第三人称视角讲述的。你能把自己想象成吴刚，以第一人称创造性地复述这个故事吗？可以结合具体的情节，适当地加入人物的"语言"和"心理"哦！

7.中国神话故事中，不少故事的情节跌宕起伏、扣人心弦。哪篇神话故事的情节最吸引你，让你印象深刻呢？请与小伙伴交流交流吧！

8.神话故事中除了有正面的英雄人物外，也有一些反面人物。先将书中的反面人物梳理出来，再想想这些反面人物有什么共性。

_____

_____

_____

_____

二、和课文一起读

1.神话故事之所以引人入胜，最主要的原因是其神奇的想象，激发了读者的想象。在《中国神话故事》整本书中，哪些神奇的想象让你印象深刻呢？这些神奇想象，有没有相通的地方呢？

_____

_____

_____

_____

_____

2.神话故事中的人物形象是如何塑造出来的呢？从《中国神话故事》中，你能总结多少种塑造人物形象的方法呢？请结合具体的故事内容进行举例说明。

_____

_____

_____

_____

三、读书讨论会

1.《愚公移山》与《精卫填海》都表现了坚持不懈的精神。但两则故事明显存在很多不同之处，你能发现多少不同吗？至少写出三点。

_____

_____

_____

_____

2.有人认为"中国神话故事是虚构的，不真实的，因此没有阅读的价值"，你能列出多少条理由反驳这样的观点呢？请写下来。

_____

_____

_____

_____

_____